「ようこそ後宮へ、私たちの勇者さま！」
カヅノ ロク
（鹿角 勒）
異世界に召喚されたものの、後宮に追放されてしまう。魔力回路を目視、調整できるスキル『魔力錬成』を持つ。魔術教官として姫たちの魔力を操作し、後宮を教え導く。
リーズロッテ・ベイフォルン
心優しい貴族の娘。愛称はリゼ。ロクを最初に後宮で出迎える。魔術が使えなかったが、ロクの指導により再び使えるように。
追放魔術教官の後宮ハーレム生活
琴平稜
illustration
さとうぽて

サーニャ

ミステリアスな雰囲気の少女。西方の騎馬の民出身。体術に優れ、馬をはじめとする動物と相性が良い。

「あなたは、わたしのつがいだから」

「こんなに優しくしてもらうの、初めてで……」

フェリス・アルシェール

頭脳明晰な勉強家。高名な家の出身だが、病弱で魔術が使えない。そのため華やかさと、繊細で臆病な性格が同居している。だが、ロクと出会い——!?

後宮の可憐な姫たち

ティティ・コルト

南の諸島出身の、元気でキュートな女の子。大所帯の隊商で育った。その生活を経て、東洋の服や小物を好んで身につける。

「ロクちゃん、勇者なの!?　すごい！」

「ロクさまは、後宮の主《あるじ》となられる御方なのですから」

マノン・レイラーク

後宮の姫たちをまとめる侯爵令嬢。格式高く、落ち着いている。のんびりしているように見えるが、実は策略家。優雅なシルエットのドレスを好む。

リゼはタオル一枚をまとっただけの姿だった。
「ろ、ロクさま!? もももも、申し訳ございませんーーっ!」
――リゼ
後宮のお風呂にて――。

「い、いいや、こちらこそーっ!?」
——ロク

「すごい、すごーい！」

「なんて綺麗《きれい》なんでしょう！　魔術とは、このような使い方もできるのですね！」

光の欠片が、夜空を彩る。みんなの魔力をひとつに束ねた、大輪の花。

空を見上げていると、たくさんの笑顔が俺を取り囲んだ。

「ロク先生！　私、魔術がこんなに楽しいなんて、知りませんでした！」

「これからもよろしくお願いします！」

ティティ

打ち上げ花火
リゼ
マノン

後宮【こうきゅう】

勇者に仕える神姫《じんき》たちが詰める宮殿。

半年前に召喚された先代勇者が後宮から出て行ってしまったため、国からは“おさがりの掃きだめ”と揶揄《やゆ》されている。

使命を果たせないまま解体されるかと思われたが、ロクのスキルによって神姫たちの魔術の才能が開花。

後宮は大陸最強の部隊へと成長していく——。

追放魔術教官の後宮ハーレム生活

琴平 稜

ファンタジア文庫

3077

口絵・本文イラスト　さとうぽて

追放魔術教官の後宮ハーレム生活

目次

プロローグ

大理石の床に、こつこつと硬い靴音が響く。

重厚なオーク材の手すりに、輝くシャンデリア。繊細な彫刻を施された柱。煌《きら》びやかな装飾はよく磨き込まれて、どこもかしこも手入れが行き届いている。

眩《まばゆ》い朝陽《あさひ》の差し込む回廊から中庭に下りて、俺は振り返った。

抜けるような空に、城を思わせる荘厳《そうごん》な建物がそびえている。

勇者に仕える神姫《じんき》たちが詰める宮殿――後宮。

ほんの三ヶ月前まで平凡な人生を送っていた俺が、こんな豪奢《ごうしゃ》な宮殿で寝起きしているなんて――それどころか、この後宮の主《あるじ》だなんて、未《いま》だに信じられない。

街一つはある広大な敷地の、その一角。

青々とした芝生《しばふ》を歩いていると、「ロクさま！」と軽やかな声がした。

垣根の向こうから、美しい少女が姿を現す。

「ロクさま、こちらです」

鈴を転がすような声でそう言って、嬉《うれ》しそうに手を振る。柔らかな亜麻色の髪に、白磁のような肌。こぼれ落ちそうに大きな瞳は、輝くルビーを連想させた。淡いピンクのドレスにはドレープがたっぷりとあしらわれ、彼女の人形めいた可憐《かれん》さを引き立てている。

珊瑚《さんご》色の唇に微笑《ほほえ》みを浮かべた少女——リゼは俺の手を取ると、中庭の一角に案内した。

「このバラか」

「はい。蕾《つぼみ》はつけたのですが、なかなか咲かなくて……庭師も原因が分からないらしく」

他のバラは豊かに咲き誇っているのに、この蔓《つる》だけ蕾のままだ。しおれているようにも見える。

心配そうなリゼの隣にしゃがみ込み、子細に観察する。根に近い箇所で、魔力回路が弱っていた。

「ああ、ここだな」

俺はその部分に触れると、意識を集中させた。蔓に、白銀の魔力が流れ込み——蕾が一斉に花開いた。

瑞々《みずみず》しい深紅の花弁に、リゼが「まあ」と目を輝かせる。

「すごいです、ロクさま！　ああ、良かった」

リゼは咲いたばかりのバラに愛《いと》おしげに触れ、俺に振り向いた。

暁色の双眸《そうぼう》がふわりと微笑む。

「ロクさまは、魔法使いですね」

白い頬を、柔らかな日差しが照らす。親愛に満ちた双眸を優しく細めるリゼは、まるで花の精のようで――

「ロクさまー？　どちらにおいでですか、ロクさまー？」

遠く俺を呼ばわる声に、リゼが慌てて立ち上がった。

「まあ、いけない。私、ロクさまをひとりじめしてしまいました。さあ、後宮に戻りましょう」

小さくて柔らかな手が、俺の手を取る。

バラ園を出ると、小柄な少女がいちはやく声を上げた。

「あっ、ロクちゃんいたー！」

ドレスの裾を翻《ひるがえ》し、勢いよく腰に抱きついてくる。

「おっと」

両手を広げて、柔らかな身体《からだ》を受け止める。

「今日も元気だな、ティティ」

頭を撫《な》でると、肩まである髪を編み込みにしたその少女――ティティは嬉しそうに笑った。俺を見上げる顔はまだあどけない。東洋風の衣装をアレンジしたドレスがよく似合っているが、細い手足に漲《みなぎ》る元気のせいか、淑女というよりはおめかしした女の子という印象が先立った。蒼《あお》い瞳がきらきらと輝いて、まるで夏の湖面のようだ。

「あのね、東方の珍しいお菓子が入ったって！　一緒に食べよ！」

「ああ、それは楽しみだな」

と、反対の手をぐいぐいと引かれた。見下ろすと、猫目の女の子が俺を見上げていた。小さな身体に、不思議な模様が刺繍《ししゅう》されたドレス。どこかミステリアスな雰囲気を漂わせた少女、サーニャだ。

「わたしの頭もなでるといい。なぜならあなたはわたしのつがいだから。遠慮しなくていい。なでて。はやく」

淡々とした口調で急《せ》かされて、笑いながら短い銀髪に指を通す。さらさらとした感触が指の間を流れる。サーニャは心地よいのか、淡い金色の目を細めて、猫みたいに俺に頭をすり寄せた。

その後ろで、シャーベットイエローのドレスを身にまとった少女がもじもじしていることに気付く。

「どうした、フェリス」

石造りの壁に囲まれた空間。その中央に、夜空を覆うようにして白い木がそびえている。月明かりに照らされた枝は銀色に輝き、葉がそよぐたびに涼しげな音が降り注ぐ。

俺は、その不思議な木の根にもたれるようにして座っていた。

「ここは……？」

正面には、綺麗《きれい》な女の人が立っている。杖《つえ》を手にし、白い衣をまとって、光の天女みたいだ。よく見れば幼い。十五、六といったところか。

壁際《かべぎわ》には、鎧《よろい》に身を包んだ軍人っぽい人や、長いローブ？　をまとった人たちが居並んでいた。みんな緊張と興奮が入り交じった面持ちでこちらを見ている。

と、俺の隣で声が上がった。

「は？　え？　なんだよ、ここ」

見ると、二十歳前後の青年が、俺と同じく、あっけに取られたように座り込んでいた。目つきは少しきついが、整った顔立ちをしている。髪を明るく染め、カジュアルなジャケットを羽織っていて、今時の大学生といった印象だ。

俺たちを取り囲んだ人々が、感極まったように声を上げた。

「おお、成功ですな！」

「しかも二人同時にとは！　これは大陸有史以来の快挙ですぞ」

「さすが、白百合《しらゆり》の聖女さま」

一段高くなっているところにいる初老の男が、鷹揚《おうよう》に口を開いた。

「ここに、勇者召喚は成された。そなたを誇りに思うぞ、我が娘ディアナよ」

ごてごてと装飾の施された椅子に座り、灰色のひげを蓄えている。すごい貫禄《かんろく》だ。

男の言葉を受けて、目の前の少女がふわりと微笑《ほほえ》んだ。ちょっとお目に掛かったことのないレベルの美女だ。隣の青年も見とれている。

「カヅノロクさま」

「あ、は、はい」

美女に名を呼ばれて、背筋が伸びる。

少女は小さく頷《うなず》いて、隣に目を移した。

「カタギリリュウキさま」

「なんだよ」

青年は『カタギリリュウキ』というらしい。名前までかっこいいな。

白い衣をまとった少女は、たおやかに頭を下げる。

「突然のご無礼をお許しください。かの御方《おかた》は、偉大なるトルキア王国の国王、ルディウス・スレアベル陛下。そして私はその娘にして白百合の聖女、ディアナでございます」

聞いたことのない国名だ。よく分からないが、この女の子は王女さまってことか。

「あなた方は、この大陸の平和を守るために召喚されました」

「は、なんだよ、これ。ドッキリ？　ゲームのプロモーション？　カメラどこ？」

カタギリがあたりを見回すが、王女は首を振る。

「ここは、あなた方がいた世界とは別の世界。そして紛れもない現実です。我々は千年の昔より、魔族と戦いを繰り広げてきました。しかしこれ以上瘴気《しょうき》による侵食が進めば、人の営みは滅びに向かうばかり。あなた方には、強大なる魔を打ち払い、人々の平和を取り戻していただきたいのです」

王女が目配せすると、兵士らしき人たちが、重そうな箱をいくつも持ってきた。中には剣や斧《おの》、弓といった武器が、大切そうに保管されている。

「これらは神器。神の力を授かりし武器です。位の高い魔族には、通常の武器は通じず、これらの神器をもってしか打ち倒すことはできません。そして神器を使いこなすことができるのは、異世界より来たりし勇者さまのみ。どうか研鑽《けんさん》を積み、神器を手にし、魔族を──ひいては魔王を倒してくださいませ」

別の世界？　魔族？　神器？　魔王？

理解が追いつかない。

カタギリはわなわなと震えていたが、火を噴くように激昂《げっこう》した。

「なにわけの分かんねぇことぬかしてやがる！　いいから元の世界に戻せ！　今すぐ！」

「残念ですが、前世でのあなた方の御身は、既に残ってはおりません」

「え？」

王女が神官っぽい人に合図をして、透き通る球体（水晶の球？）を持ってこさせる。

水晶球に見覚えのある景色が浮かび上がった。

「あれは……」

映し出されたのは、マンションの工事現場の前。歩道を歩く俺と、反対側から来る大学生集団の姿がある。最後尾にいるのはカタギリだ。

俺とカタギリがすれ違う。

俺がかがみ込んで万年筆を拾い、振り返った。

そこに、何の前触れもなく鉄骨が落ちてきて――

「……――」

映像がかき消える。

王女は痛ましそうに柳眉《りゅうび》を寄せた。

「神のお導きにより、亡《な》くなる寸前で召喚することができました。元の世界にお戻しすることも不可能ではないのですが、そのまま圧死するだけかと」

言葉が出ない。カタギリも声を失っている。

水を打ったような沈黙の中、国王が口を開いた。

「突然のことで驚いているとは思う。不安もあるだろう。だが、心配は無用だ。魔王討伐を滞りなく遂行してもらうため、我が国では様々な準備を整えておる。パーティーに加える仲間は、最上級ランクの冒険者から選《え》りすぐるし、対魔族に特化した一流の教育、訓練も用意している。支援は一切惜しまぬし、魔王を倒した暁には、一生かかっても使い切れぬ富と栄誉を約束しよう」

まだ混乱している頭が、『福利厚生がすごい』と場違いな感想を叩《たた》き出す。

考えようによっては、人生のボーナストラックのようなものだろうか？　元の世界にいれば、あのまま無惨《むざん》に死んでいただけだ。それが命を拾ってもらい、うまくすれば世界を救った英雄として何不自由なく生きていける……？　世界を懸けた一大プロジェクトだ、当然責任は重大だし、危険はあるだろうが……

カタギリも、じっと思案している。

あと一押しとばかりに、王女が口を開いた。

「さらに王宮内には、勇者様専属の後宮もございます」

　カタギリが「こうきゅう？」と眉をひそめる。

「分かりやすく言うと、ハーレムですね。国中から集まった美女たちが、勇者さまをおもてなしいたします」

「なんだそれ、すげえな⁉」

「ええ、ただ――」

「ディアナ。それはあとでも良かろう」

「そうですわね、お父様」

　何だろう。国王が遮ったのがちょっと気になるが……後宮か、すごいな。世界に平和を取り戻すためとはいえ、勇者のためにそんなものまで用意しているのか。

　後宮の存在で、カタギリの天秤《てんびん》は一気に受諾の方向に傾いたらしい。

「分かった。その魔族ってやつを倒しゃいいんだろ。さっさと神器とやらを寄越《よこ》せ」

　けれどディアナ王女は首を振った。

「神器は生きた武器。持ち主を選びます。勇者としての素養のある者にしか、扱うことはできません。ここにあるのはほんの一部ですが、どれも気高く、強力な武器ばかり。……まあ、例外はありますが」

　王女は咳払《せきばら》いして続ける。

「おそらく、いかな勇者さまとて、触れることすらできないでしょう……今は、まだ」

「はあ？　じゃあどうしろってんだよ」

「まずは魔物を倒し、レベルを上げていただければと」

「ま、魔物？」

倒すって、どうやって……

戸惑っていると、王女はにっこりと微笑んだ。

「ご安心ください。お二人には召喚に伴い、様々な権能が付与されているはず」

そう言うと、なにやら厚い紙（羊皮紙というのか？）を取り出した。

「慣例に従い、下のお名前で呼ばせていただきますね。まずは、リュウキさま。こちらの『女神の慧眼《けいがん》』に手をかざしてくださいませ」

「こうか？」

カタギリが言われたとおり手をかざす。

すると、羊皮紙の表面にじわりと文字が浮き上がった。

「うおっ。なんだ、これ。なんか色々書いてあるぞ」

俺の位置からも見えた。

【片桐《かたぎり》 龍騎《りゅうき》 二十歳 男
レベル：1
HP：1500／1500
MP：2000／2000
攻撃力：120
耐久力：200……】

謎の数値で、羊皮紙がびっしりと埋まっている。文字はどうやら日本語ではない。が、問題なく読める。どうなってるんだ。

「レベルが1で、HP？ が1500……MPが2000で、攻撃力が120？」

片桐が読み上げると、ギャラリーから歓声が上がった。

「おお、すばらしい」

「レベル1でこの基準値《ステータス》！」

「あとは、なんだ？ 魔術とかいう欄があるな。『紅蓮炎《フレイム・スール》』に『極騒嵐《コア・ストーム》』、『轟雷破《ライトニング・ブレイド》』？」

「きょ、極大魔術ですと⁉」

「他には、スキル『勇壮鼓舞《ナイト・ブースター》』、『威風《スタン》』、『強脚《アクセル・ギア》』『属性付与《エンチャント》』……」

「なんと！　ど、どれもSSランク冒険者級の権能ですぞ！」

王女が感極まったように「素晴らしい！」と叫び、杖《つえ》で床を突いた。

するとと入り口から、巨大な獣が入ってきた。八人がかりで鎖を引いている。

「なんだ、あれ」

それは見るからに異形だった。ライオンの頭に、牛の胴体。尾は蛇だ。全身黒い霞《かすみ》に覆われている。鼓膜を破るような雄叫《おたけ》びが、夜空を震わせた。

「これはキメラ。おぞましき魔族の手先――魔物の一種です。レベルを上げるためには、これら魔物や下級魔族を倒し、経験値を得る必要があります」

……この怪物を、倒す？

いやいやいや、普通に考えて無理だろう。鋭い牙が並んだ顎に、包丁のような爪。一瞬で八つ裂きにされる自信がある。

しかし王女は平然と先を続ける。

「リュウキさま。キメラに向けて手をかざし、魔術をひとつ選んで唱えてくださいませ」

「あ、ああ」

片桐がキメラに向かって手をかざす。

——その腕に、赤い模様が浮き上がった。

「？」

あれは何だろう。まるで電子回路のような、光の線。服の上からでも分かる。どうやら全身に巡っているようだ。みんな見えているのだろうか？

「『紅蓮炎』！」

片桐が叫ぶと同時に、炎の柱が出現した。

「!?」

灼熱《しゃくねつ》の業火《ごうか》が渦を巻いてのたうち、烈風が吹き付ける。何やら結界のようなものが張られているらしく、直接熱を感じることはないが、すさまじい威力ということは分かる。

炎はキメラを呑み込み、夜空を焦がし、やがてふっと消え去った。

「な……」

跡形もなくキメラは姿を消している。

ギャラリーから大きなどよめきが上がった。

「さ、さすがは極大魔術！　これだけの威力、名のある魔術士が一生掛かっても到達するかどうか！」

「しかもまだレベル1だというのに！　これなら魔王を倒せる！」

「ディアナさま、これは本当に素晴らしい勇者を召喚されましたな！」

王女は片桐の手を握った。きらきらと輝く瞳で片桐を見つめる。

「ああ、素晴らしいですわ、リュウキさま！　こんな優れた才能は見たことがありません！　あなた様ほどの逸材であれば、レベル上げなどたやすいこと。神器もすぐに使いこなせるようになりましょう。大陸中にあなた様の名声が轟《とどろ》くのが楽しみですわ」

片桐は「へえ」と右手を見下ろしながら、満更でもなさそうだ。

王女はご機嫌な様子で、くるりと俺を振り返る。

「それでは、カヅノロクさま。『女神の慧眼』に手を」

「あ、はい」

めちゃくちゃハードルが上がったぞ。

緊張しながら手をかざす。

羊皮紙に、ぼんやりと文字が浮かび上がった。

【鹿角《かづの》勒《ろく》　二十八歳　男
レベル：1
HP：500／500

MP：UNKNOWN……】

「……あれ？」

何だろう、UNKNOWNって。しかもやけに空白が多い。片桐の時は文字で埋め尽くされていたのに。魔術の欄もないし……

必死で目を走らせると、ようやく読み上げられそうな項目が見つかった。

「あ、あったあった」

期待に満ちた視線の中で、口を開く。

「ええと……スキル、『魔力錬成』だそうです」

「……え？」

不穏なざわめきがさざ波のように広がる。

「魔力、錬成……？」

「魔力錬成って……あ、あの魔力錬成？」

「なんでわざわざスキルに……？」

え？　何だ？　何でこんな変な空気になってるんだ？

王女が焦《あせ》ったように食いつく。

「ほ、他には？　魔術や、他のスキルなどは……」

「これだけです」

戸惑いながら羊皮紙を見せる。

真っ白な羊皮紙を、人々がぽかんと見つめる。

「ええと、これは……？」

長い沈黙。

王女は唖然《あぜん》と立ち尽くしていたが、やがてその表情が、氷のように温度を失った。

口を歪《ゆが》め、吐き捨てる。

「ゴ、ゴミですわね」

「……え？」

気のせいかな？　いま、ゴミって言われたような……

「ゴミもゴミ、こんなもの、外れクジにも劣るゴミクズですわ」

あ、やっぱり言われてる！　ゴミクズとまで言われてる！

「ディ、ディアナ殿下！」

将軍っぽい人が慌てて止めようとするが、王女は大きなため息を吐《つ》く。

「前代未聞《ぜんだいみもん》の二人同時召喚かと思いましたが、まさか片方がこんな役立たずとは」

王女の豹変《ひょうへん》っぷりに戸惑いながら、スキル欄を指さす。

「え、ちょ、ちょっと待ってください。でも、これ、魔力錬成って、なんかすごいスキルなんじゃ……」

王女は「魔力錬成ねぇ」と笑うと、バラのような唇から、ふぅと細い息を吐いた。

「そんなもの、誰でもできますわ」

え、そうなの？

「魔力の制御など、貴族であれば初等教育で軽くさらう程度。いわば基礎の基礎。魔術を使う者なら誰でもできます。逆に言うと、魔術が使えないのであれば、魔力がいくらあっても無意味。そして見たところ、ロクさまは一切の魔術が顕現していないご様子。これでは神器に選ばれるなど、夢のまた夢ですわね」

王女は呆《あき》れたように首を振ると、目を潤ませ、しおらしく周囲の人々を見回した。

「皆さま。私は己の傲慢を認め、謝罪しなければなりません。ほんの一瞬でも、二人の勇者を召喚し、この大陸に新たな歴史を刻んだと思い上がったことを。けれどやはり、祝福の実ひとつにつき、召喚できる勇者は一人のみ……彼、カヅノロクさまは、哀れにもリュウキさまの召喚に巻き込まれてしまった、ただの無能な一般人です」

「………………」

え？？？　そんなことある？？？

水を打ったような沈黙が、中庭を支配し——片桐がぶはっと噴き出した。俺の背中をばんばんと叩《たた》く。

「なんだおっさん、オレの召喚に巻き込まれただけか！　そいつは悪かったなァ！　安心しろ、世界はこのオレが救ってやるからさ。神器も後宮も、オレのもんだ！」

しかし片桐の威勢に、王女が水を差した。

「ああ、後宮ですが、リュウキさまにはふさわしくないかと。なにしろ、先代の勇者さまのおさがりですので」

「はァ!?　なんだそれ、後宮がおさがりってどういうことだ!?」

「先代勇者さまは、別の聖女によって半年前に召喚されたのですが、後宮に寄りつくことなく失踪されてしまい……後宮には、少々ワケありのご息女が多いもので、お気に召さなかったのかもしれませんねぇ。なにしろ、掃きだめと揶揄《やゆ》する者もいるくらいですので」

王女はさも困惑したような表情を浮かべながら、こてんと小首を傾《かし》げた。

「それでもご興味がおありでしたら、すぐにお渡りの準備を整えさせますが？」

「んだよ、いらねぇよ！　おさがりの掃きだめ後宮なんかクソほども興味ねぇわ！」

「あら、そうですか」

王女は花のように微笑《ほほえ》むと、ぽんと手を打った。

「それでは、いかがでしょう？　ロクさまには、掃きだめ――失礼、後宮の主《あるじ》として後宮《あちら》にこもっていただき、悠々自適に過ごしていただくというのは？」

「え？」

「王宮に異世界人が二人もいては、無用な混乱を招きます。戦う術《すべ》を持たないロクさまには、召喚に巻き込んでしまったお詫《わ》びとして、一生後宮にこもって、おもしろおかしく過ごしていただければよろしいかと」

いっそ清々《すがすが》しいほどの笑顔を見ながら、なるほど、と胸中で呟《つぶや》く。

理由は分からないが、王女はどうやら後宮に対して良い感情を持っていないらしい。そして俺をその後宮に押し込めることで、後宮ごと存在を封殺し、『役立たずを召喚してしまった聖女』という汚点をなかったことにしたいようだ。

王女は片桐に身を寄せると、その腕に指を絡《から》めた。

「リュウキさまには、私から、勇者としての心得を手取り足取りお教えいたしますわ。私たち二人で、新たな神話を築きましょう？」

「ああ、そうだな」

満足そうな片桐に微笑みかけ、氷のような声で人々に告げる。

「このカヅノロクさまには、勇者になる資格も価値もございません。以後はリュウキさまお一人を勇者と崇《あが》め、ロクさまにおいては、二度と王宮に入れないように」

「し、しかし、それはあまりに――」

「うるせぇ！」

片桐の全身に、光の模様が浮かび上がる。轟音《ごうおん》と共に、火炎の花が炸裂《さくれつ》した。

口を挟もうとした将軍をはじめ、誰もが口を噤《つぐ》む。

畏怖の視線の中で、片桐は勝ち誇ったように笑った。

「悪かったなぁ、鹿角とやら！　巻き込んだお詫びだ、後宮はお前にやるよ。オレは掃きだめになんか興味ないからよォ。この世界の主役はオレ、お前は脇役《モブ》だ。英雄は二人もいらねぇ。無能《お前》は後宮に引きこもってな！」

王宮を出て、兵士に教えてもらった道を一人で辿《たど》る。

「…………」

月明かりの下、自分の手のひらを見下ろす。

本当に、何の力もないのだろうか。試しに力を込めてみると、片桐が魔術を使った時と同じような、白銀の模様が浮き出た。

「おお」

全身に力が満ちる。今なら何かできそうだ。

試しに叫んでみる。

「『紅蓮炎《フレイム・スール》』！」

——何も起こらない。

はは、と乾いた笑いが漏れた。

月に照らされた城を振り返って、呟く。

「またこれか」

普通なら、もっと怒り狂ったり、泣き喚《わめ》いたりしてもいい状況かもしれないが……悲しいことに、こういう展開には慣れている。

というのも、この俺、鹿角勒は、究極のたらい回され体質なのだ。

この体質は、幼い頃に事故で両親を亡《な》くしたときから始まったように思う。天涯孤独になって養護施設に入ったはいいものの、助成金目当ての親戚に引き取られ、なんやかんやあって再び施設に保護されてはまた別の遠い親戚に引き取られてを繰り返し。

バイトと学業を両立しながら何とか高校を卒業し、ようやく普通の人生を歩めるかと思えば、就職してからも、社長が社員の給料を持って夜逃げをしたり、上司と同僚の不倫を目撃してしまって口封じのために左遷されたり、会長の御曹司《おんぞうし》のミスの責任を取らされてクビになったり、パワハラの標的になって退職を余儀なくされたりと、転職は数知れず。

直近の失職理由は、シンプルな倒産だった。

そんなこんなで、たらい回しにされ続けて二十八年。

人生に少しばかり疲れていた俺は、次の職は休養しつつゆっくり探そうと心に決め、引きこもり生活に入った……その矢先の、事故。

まさか現実世界からも弾《はじ》かれてしまうとは思いも寄らなかった。

そして弾かれた先の異世界でも、さらに追放されるという始末。

「……ここが『約束の地』だと思ったんだけどな」

小さな呟きが、虚《むな》しく夜風に溶ける。

――というのも、以前ブラック会社に勤めていたころ、奇妙な占い師から、不思議な予言を授かったのだ。

終電間際《まぎわ》の駅裏。老婆のような幼女のような占い師は、俺を手招きして口を開いた。

「おぬし、『流転《るてん》の相』が出ておるな。ずいぶん不毛な旅を続けてきたようじゃ。じゃが安心せい。いずれ『約束の地』にたどり着く。そこで望むものを手に入れるじゃろう」

もしや妙な壺《つぼ》でも買わされるのかと身構えたが、占い師はそれきり俺を見送った。約束の地、その言葉がどうにも気にかかって振り返った時には、影も形も見当たらなかった。

その占いをお守りのように思っていたのだが……どうやら当たらなかったらしい。

まあ、鉄骨に潰されて終わるはずの人生だったのだ。寝る場所があるだけありがたい。

しばらくすると、行く手に門が見え始めた。豪奢《ごうしゃ》な門の左右に、高い塀が延々と続いている。随分広そうだ。下手をすると街ひとつくらいあるのではないだろうか。

「問題は、後宮に受け入れてもらえるかどうかだな」

最悪、後宮から追い出されるという展開もあり得る。充分にあり得る。だって後宮だぞ？　……いや、『選ばれし者だけが入ることを許される女性の園』という、ふわっとした認識しかないけれども。

段々緊張してきた、どんな所なんだろう。なんとなく中国のイメージが強いが、江戸《えど》幕府の大奥も後宮に含まれるか。あとは、オスマン帝国にも後宮があったような？　どちらにしろ、特別な人間しか入れないのは確かだ。勇者の資格がない俺が入っていい道理がない。入った途端叩き出される覚悟を決めておこう、うん。――その時、

「ロクさま」

振り返ると、騎馬が一騎駆けてくるところだった。さっき中庭にいた将軍っぽい人だ。黒い鎧《よろい》に身を固めた姿は威厳にあふれているが、日に焼けた肌には張りがある。まだ四十代前半といったところか。

男は馬から下りると、折り目正しく頭を下げた。

「トルキア王国近衛騎士団将軍、グレンと申します。これを」

そう言って、書状を差し出す。

「中の者にお渡しください。委細書き記しております。あとはレイラーク侯爵家ご令嬢が、万事取り計らってくれましょう」

「ありがとうございます」

俺のためにわざわざ書簡を用意して追ってきてくれたのか。なんていい人なんだ。

受け取ろうと手を伸ばす。

「……と。魔術印を失念しておりました。失礼いたします」

グレン将軍が、手紙に左手をかざす。左利《ひだりき》きなのかな？　と何気なく思ってから、違和感を覚える。剣は左の腰に提げている。

「――あれ？」

グレン将軍の全身に、光の模様が浮かび上がっていた。片桐の時と同じだ。片桐は灼《しゃく》熱《ねつ》の赤だったが、今度は黄色だ。

ただ、何かがおかしい。右肩から先が薄くなっている。

「ちょっといいですか？　ここ、詰まってるような……」

「？　詰まっている？」

将軍の右肩に触れる。やはり光の流れが滞っている。なんだか苦しそうだ。手のひらに意識を集中させながら、幾度かさすってみる。すると、右肩で滞っていた光が指先まで流れ始めた。

「あ、治った」

グレン将軍がぴくりと眉をはね上げる。怪訝《けげん》そうに右手をわきわきさせていたが、そのまま手紙にかざした。

紙面にサインが浮かび上がる。

「おおー」

すごい。戦闘だけじゃなくて、こういう日常的に使える魔術もあるのか。

感動していると、グレン将軍が驚いたような顔で俺を見ていることに気付いた。

「どうかしましたか？」

「いえ。右腕を酷使しすぎたせいか、数年前から右手で魔術を発動できなくなっておりましたので……」

グレン将軍は、パーカーにジーンズという俺の格好を見ていたかと思うと、道を外れた。

「夜も更《ふ》けております、裏口からお入りください」

よく手入れされた芝生《しばふ》を横切って案内されたのは、こぢんまりとした扉だった。

扉の両脇に控えた兵士二人が、グレン将軍に気付いて敬礼する。

「扉を開け」

「は！　あの、この方は？」

「後宮の主となられる御方《おかた》だ」

「！　で、ではこの方が異世界の！」

「詳しくは追って沙汰する。通せ」

「は！」

おかげですんなりと中に入れた。

扉が閉まる前に、振り返って頭を下げる。将軍も折り目正しく頭を下げていた。

そこは裏庭のようだった。と言っても、ものすごく広い。木々が伸びやかに枝を張り、美しい噴水が月明かりに照らされている。静謐《せいひつ》で神秘的な雰囲気だ。

しかし、どこに行けばいいのだろう。

ひとまず人を探そうと歩き出した時。

「あの、すみません」

か細い声が聞こえてきた。

辺りを見回すが、誰もいない。

「あの、ここです。上です」

鈴を転がすような声に導かれて、顔を上げる。

木の上に、女の子がいた。

「すみません、このようなところから、このような格好で」

一瞬、天使が木に引っかかってしまったのかと思った。太い枝の根元にちんまりと座り頬を染めているその少女は、テレビでもお目に掛かったことがないくらいに可憐《かれん》で愛らしかった。白く透き通る肌に、今にもこぼれ落ちそうな大きな瞳。淡く色づいた珊瑚《さんご》色の唇。

リボンをあしらった亜麻色の髪が、ふわふわと夜風に躍る。淡いピンクのドレスが月に照らされて、夢かと思ってしまうほどに幻想的だった。

少女はおずおずと両手を伸ばし、何かを差し出した。

「突然で申し訳ないのですが、この子をお願いできますか。巣立ちの途中で、木に引っかかってしまったようで」

炎のような毛並みをした小動物だった。一見すると子犬のようだが、翼が生えている。

俺はグレン将軍にもらった書簡を慌ててポケットに突っ込んで、伸び上がった。慎重に子犬を受け取る。温かくて柔らかい。尻尾の先に炎が灯《とも》っているが、不思議と熱くはない。

胸に抱くと、きゅうきゅうと鳴きながらしがみついてきた。

少女がほっとしたように「良かった」と笑う。可憐な微笑《ほほえ》みに見とれてしまう。もし現代（？）にいたら、芸能事務所が放っておかなかっただろう。星明かりの下で微笑む少女は、見た人間を一目で虜《とりこ》にしてしまうような清らかな魅力に満ちていた。

「君は大丈夫？」

「はい、いま降りますねっ」

少女は愛らしい声でそう言うと、枝の上でもたもた、もぞもぞと蠢《うごめ》いた。しばらく足を出したり引っ込めたりしてもがいていたが、やがて「ふえぇ」と力ない鳴き声が降ってきた。降りられないらしい。

俺は子犬をパーカーのフードに入れると、腕を広げた。

「そのまま飛び降りられる？」

「あ、で、でも」

「大丈夫、ちゃんと受け止めるから」

「そんな、申し訳ないです」

何かいい方法はないだろうか。そう考えているさなか、少女の亜麻色の髪を飾るリボンが、木の枝に引っかかっていることに気付いた。

「あ、リボンが……」

「え？」

言い終わるよりも早く風が強く吹いて、リボンがほどけた。

「えっ、あっ、だめ……」

少女が慌てて髪を押さえる。その瞬間、バランスを崩し――

「きゃ！」

「おわ！」

間一髪、落ちてきた少女を受け止める。ピンクのドレスがふわりと風にたなびいた。

「っと……怪我《けが》はない？」

「は、はい……」

少女は俺を見上げてぽーっとしている。その瞳の色に目を瞠《みは》る。鮮やかに輝く、深紅の瞳。まるで夜明けを告げる暁のような。こんな瞳の色は見たことがない。ひどく綺麗《きれい》だ。

その神秘的な輝きに、俺は我を忘れて魅入り——ふと、少女の手からリボンがすり抜けそうになっていることに気付いた。

慌てて少女の手を握り込むようにしてリボンを押さえる。

手と手が重なった、刹那。

少女の指先に、淡い光が灯った。

「!」

重なる手を通して、温かなものが行き交う。少女の白い肌に、光の模様が浮かび上がっていく。まるで宝石のような、赤く透き通る、清らかな輝き。

「えっ、あっ、あっ」

少女が戸惑いの声を上げる。

慌てて手を離すと、光は収まった。

「い、今のは……?」

少女は目を白黒させていたが、俺に抱かれたままなことに気付くとはっと頰を染め、慌てて降りた。ぺこー！　と頭を下げる。

「あ、ありがとうございますっ！　なんとお礼を申し上げればいいか……！」

「無事でよかった。大事なリボンなの？」

「はい、幼い頃に、妹から預かったもので……」

そう言って、リボンを愛《いと》おしげに見つめる。よほど大切にしているらしい。

「それにしても、よくこんな高い木に登ったね」

「は、はい、無我夢中で……木登りなんてしたのは、子どもの頃以来です」

少女は恥ずかしそうに笑った。

ふと、そのドレスの袖が裂けていることに気付く。

枝に引っかけたのだろう。傷がないか尋ねようとして、気付く。細い腕に、黒い蔦《つた》のようなものが絡《から》みついていた。

「あ、ドレスが……」

何だろうと思う前に、少女が「あっ」と腕を押さえた。心なしか青ざめている。

「あ、ご、ごめん。怪我とかしてないかなって」

「は、はい、大丈夫です。すみません」

その時、フードの中からきゅうきゅうと声がした。

「あ、そうだった」

俺はフードから子犬を取り出すと、少女に渡した。

少女は子どもみたいに顔を輝かせて、子犬を胸に抱く。そのあどけない笑顔に、こちらまで胸が温かくなる。丁寧な口調のせいか少し大人びて見えていたが、実際は十四、五歳くらいだろうか。

「本当にありがとうございました。助けてくださらなかったら、どうなっていたことか」

「子どもなのかな」

「巣立ったばかりで、まだうまく飛べないのでしょう。上手に飛べるようになるまで、私のお部屋でお預かりします」

子犬が嬉《うれ》しそうに尾を振りながら、リゼの細い肩に駆け上る。頬を舐《な》められて、少女はくすぐったそうに笑った。月の光の中で赤い瞳がきらきらときらめいて、この世のものと思えないくらい綺麗な光景だった。

少女はスカートをつまんでふわりと膝を折った。

「申し遅れました。私はベイフォルン子爵家が長女、リーズロッテと申します。勇者さまにお仕えするため、半年前に北の小さな領地からこの後宮に参りました」

「ししゃくけ……」

聞き慣れない単語を口の中で反芻《はんすう》する。ししゃくけ、ししゃくけ……子爵家！　じゃあこの子は貴族のご令嬢なのか。愛嬌《あいきょう》の中にも溢《あふ》れる気品といい、端々に漂う伸びやかな優雅さといい、腑《ふ》に落ちる。

それにしても、こんなに簡単に貴族のお姫さまと、それもこんな天使のように可愛《かわい》い子とエンカウントするとは、さすがは後宮、とんでもないところに来てしまった。

「どうぞリゼとお呼びください」

「俺は鹿角勒。ロクでいいよ」

「ロクさまですね」

リーズロッテ――リゼは俺の格好を見て、小鳥のように首を傾《かし》げた。

「不思議なお召し物ですね。王宮のお客さまでいらっしゃいますか？」

「あ、うん。呼ばれたと言えば呼ばれたんだけど、その、追い出されちゃって」

リゼは「まあ」と目を丸くした。

「それはさぞお困りでしょう。今夜の宿はお決まりですか？　もしお食事がまでしたら、何かご用意できないか聞いてまいりましょう」

おろおろと眉を下げた姿から、純粋に俺を心配してくれているのが伝わってくる。出会ったばかりの人間にこんなに親身になってくれるなんて、なんていい子なんだ。裏表のない優しさが、追放されたばかりの心に染《し》みる。

……あ、そうだ。

俺は慌ててポケットに手を突っ込んだ。

「ええと、これを」

書簡を差し出す。

くしゃくしゃになってしまったそれを、リゼは小首を傾げながら読み上げた。

「？『この書簡は、この者、カヅノロクが、当代後宮の主《あるじ》であることを示すものである』

……？　後宮の、主……？　と、いうことは……？」

リゼは、俺と手紙を交互に見つめ──その表情が驚きに染まった。

「ゆ、ゆゆゆゆ勇者さま⁉⁉⁉」

予想以上のリアクションだ。

「あ、あわ、あわわ、ど、どどどどうしましょう、勇者さまだなんて、そんな……！

ふああっ、私ってばこんな格好で、れ、レディ失格です！」

「あの」

声を掛けると、リゼははっと我に返り、膝を折って深々と頭《あたま》を下げた。

「かっ、数々のご無礼、お許しくださいっ！　本日召喚の儀が執り行われるとは聞いておりましたが、まさかお渡りになるとは……！」

「それが、あの、ごめん。俺、勇者じゃないんだ」

「え？」

「いや、確かに召喚はされたんだけど、勇者の資格がなかったみたいで……」

「？　？　？　？？？？？」

リゼが愛らしい顔いっぱいに疑問符を浮かべた時、背後から柔らかな声がした。

「あらあら、なんの騒ぎかしら？」

振り返る。そこにいたのは、二十歳前くらいの少女だった。こちらもリゼに負けず劣らず美しい。すみれ色の瞳に、豊かに波打つ髪。気品溢れる立ち振る舞いから、一目で高貴なご令嬢だと分かる。

「マノンさま！」

リゼが慌てて会釈《えしゃく》する。

その肩に乗った子犬を見て、少女は「まあリゼ」と顔を綻ばせた。

「精霊獣は神の遣い。精霊獣が懐《なつ》くのは、心が清い証《あかし》。良い子、良い子」

優しく頭を撫《な》でられて、リゼが嬉しそうに頬を染める。

まるで姉妹のようだなと微笑ましく見守っていると、リゼが興奮気味に紹介してくれた。

「ロクさま、こちらはマノンさまです。名家と名高いレイラーク侯爵家のご出身で、同じく半年前からこの後宮に入られました。勇者さまにお仕えする身であると同時に、私たちを取りまとめ、お作法や教養などの教育もしてくださっています。ご覧の通り、女神のようなお美しさに加えて、才媛の誉れ高く、まさに淑女のお手本！　後宮に入られる前から社交会でのご活躍華々しく、国中の令嬢の憧れなのです！　私も後宮で初めてお会いした時には、もう天にも昇るかと……！」

「リゼ、リゼ、そんな、恥ずかしいわ」

紹介された少女が、頬をバラ色に染めてくすぐったそうに笑う。その姿は華やかでしとやかで、街を歩いていれば十人中十人が振り返ること請け合いだ。まだあどけなさの残るリゼの可愛さに対して、磨き抜かれた美しさを感じる。こんな可愛い子たちが大勢暮らしているのか。後宮ってすごいな。

声もなく見とれていると、すみれ色の双眸《そうぼう》が俺をとらえた。

「お初にお目に掛かります。マノン・レイラークと申します」

「初めまして。鹿角勒です」

慌ててお辞儀を返す。

この子も貴族のご令嬢なのか。しかも侯爵家……たしか、上のほうの階級じゃなかったか？　すごいな。レイラーク侯爵家か……

そこまで考えて、グレン将軍の言葉を思い出す。

『あとはレイラーク侯爵家ご令嬢が、万事取り計らってくれましょう』

レイラーク侯爵のご令嬢って、こんな若い子だったのか！

顔を上げると、リゼがマノンに書簡を手渡しているところだった。

「マノンさま、これを」

「あら。グレン将軍閣下の魔術印《サイン》ですね」

マノンは書面に目を落とすと、「あら、まあ」と頰に手を当てた。顔色ひとつ変わらないばかりか、おっとりとした微笑《ほほえ》みまで浮かんでいる。さすがは侯爵家のご令嬢というべきか、全く動揺していない。もしくは元から動じないたちなのか。

マノンは書簡を丁寧に畳んで上品な笑みを浮かべた。

「委細、相分かりました。すぐにお部屋とお食事を用意させますので、今夜はひとまずお休みください。詳しいお話は、明日にでも」

包み込むような柔らかな微笑みに、肩の力が抜ける。

どうやら俺の長い一日は、ようやく終わろうとしていた。

第二章　追放魔術教官

カーテンの隙間から漏れる光で、俺は目を覚ました。

そこは、見慣れた六畳一間の安アパート……ではない。

雲のような寝心地のベッドに、西洋風の調度品。毛足の長い絨毯《じゅうたん》の上には、巨大なソファが鎮座している。

……どうやら夢ではないらしい。俺は異世界に召喚されたのだ。

めまぐるしい一日だったので寝付けるか心配だったが、疲れがたまっていたのか、思いの外ぐっすり眠ってしまった。

今何時くらいだろう？　昨夜食べたスープと肉料理めちゃめちゃ美味《おい》しかったなぁ、後宮って毎日あんな食事が出るのかな、すごいな、なんて考えながら、昨夜マノンが用意してくれた着替えに袖を通す。見慣れない装飾に苦戦しつつ、なんとか身につける。

昨日脱ぎ散らかしたジーパンを畳んでいると、万年筆が転がり落ちた。どうやら前世（？）からそのまま持ってきてしまったようだ。片桐《かたぎり》が落としたものなんじゃないだろうか。いつか返さないと。

前世の服をチェストにしまって、カーテンを開けた。天気がいい。ガラス越しに、よく手入れされた庭が見える。青々とした垣根に水色の花が咲いて、とてもきれいだ。

と、小鳥のさえずりに混じって、何やら喧噪《けんそう》が聞こえてきた。

「？　なんだ？」

不思議に思って、窓を開けようとした時。

ぱたぱたと軽やかな足音が近づいてきたかと思うと、窓が勢いよく開いた。

「⁉」

現れたのは、十二、三歳くらいの女の子だった。着物にレースをあしらったような風変わりなドレスに身を包んでいる。

「あれっ⁉」

鼻と鼻とが触れそうな至近距離、蒼《あお》い瞳が驚きに見開かれる。

何事かと尋ねる暇もなく、女の子は軽やかに窓枠を乗り越えて飛び込んできた。

「まずいよ！　男のヒトは、後宮に入っちゃだめなんだよ！」

「あ、ええと……」

「切り落とされちゃうよ！」

ナニを⁉

少女は俺の手を摑《つか》むと、風のように部屋を横切った。

そのまま、俺もろともベッドにダイブする。

「ちょ⁉」

「静かにしててね！」

そう片目をつむって、布団《ふとん》をがばりと被《かぶ》る。俺は必然、ベッドの中で少女と身を寄せ合うことになった。

（何だこの状況⁉）

抗《あらが》う暇もなかった。まるで小さな嵐だ。

「あの、」

「しーっ！」

細い指が、ふにりと唇に押し当てられる。人形のように整った顔が間近にあってどぎまぎする。

窓の外、侍女たちだろうか、誰かを呼ばわる声が聞こえた。

「ティティさま！　どこですか、ティティさま！」

「今日という今日こそ、お裁縫をマスターしていただきますよ！」

俺にぴったりとくっついた少女が、ふふっといたずらっぽい吐息を零《こぼ》す。細い髪が頰に当たってくすぐったい。あと、ものすごく良いにおいがする。

やがて、声と足音が通り過ぎた。

気配が遠ざかるのを待って、少女が「ぷはぁっ！」と布団を剝ぐ。

「危なかったねー！」

朝陽《あさひ》に照らされた笑顔は、とびきり可愛《かわい》かった。蒼い瞳は朝の光を集めてきらきらと輝き、まるで夏の海のようだ。着物を自由にアレンジしたような、遊び心たっぷりのドレスや小物が、天真爛漫《てんしんらんまん》な雰囲気に拍車を掛けている。相手にまったく警戒心を抱かせないあどけない仕草は、人なつっこい小動物にも似ていた。

「ところで」

まだ幼さを残す愛くるしい顔が、鼻先に迫る。好奇心に輝く大きな瞳を前に、俺は思わず仰《の》け反った。

「なんで男の人がここにいるの？　どろぼー？　まおとこ？　あんさつしゃ？」

「え、ええと……」

どこから説明しようか。

言葉を探していると、ノックの音が響いた。

「おはようございます、ロクさま。朝食をお持ちしました——」

扉が開いて、リゼが顔を出した。ベッドの上、至近距離で顔を寄せ合う俺たちを見て、

「ひゃ！　し、しししし、しちゅれいしましたぁっ！」

「あ、リゼ」

止める暇もなく、光の速さで引っ込んでしまう。

と、再び扉が開いたかと思うと、今度はマノンが姿を現した。

ベッドの上の台風少女を見て、穏やかに微笑む。

「あら、ティティさま」

「マノンさま！　おはようございます！」

ティティと呼ばれた少女は、元気に手を上げて挨拶した。

マノンが微笑んで、唇の前に指を立てる。

「ロクさまのことは、まだ後宮の皆には秘密にしておこうと思ったのですけれど、見つかってしまったものは仕方ありませんね。このことは、どうぞご内密に」

「了解！　ヒミツゲンシュは、商売の鉄則だからね！　その代わり、ティティが空き部屋を隠れ家にしてたの、しーっだよ」

「ふふ、しーっですね、かしこまりました。リゼ、入って大丈夫ですよ」

おずおずと入ってきたリゼは、耳まで真っ赤になっていた。

「し、失礼しました、わ、わた、私、てっきり……ちちち、ちゅー、してるのかと……」

赤く染まった頬を、肩に乗った子犬──昨日助けた精霊獣がぺろぺろと舐《な》める。

「ひゃ、アルル、だめ、くすぐったいですっ」

「名前つけたんだな」

「はい。巣立つまでの間だけですが」

リゼが、サンドイッチを載せたトレイをテーブルに置いてくれる。

「お食事をお持ちしました。簡単なもので申し訳ないのですが」

「ありがとう」

礼を言うと、リゼはふわりと笑った。昨日も綺麗《きれい》だと思ったけれど、明るい所で見ても抜群に可愛い。緋色《ひいろ》の瞳が光に透けて、宝石みたいだ。

そんなことを考えながら見ていると、リゼは緊張の面持ちで頬を染めた。

「きょ、今日は念入りにお化粧しましたので、近づいていただいても大丈夫ですっ」

真っ赤な顔で目をつむり、『どうぞ!』とばかりに両腕を広げる。ええと、この腕は何だろう。もしかすると飛び込んでいいのだろうか? いや……と踏ん切りがつかない俺の代わりに、ティティがそっと抱擁していた。……うん、可愛い。正解。ハッピーエンド。

思わずほのぼのしてしまう俺に、マノンが上品に礼をした。

「後宮へようこそ、ロクさま。改めまして、マノンと申します」

「マノンさん、よろしくお願いします。鹿角勒《かづのろく》です」

「ふふ、どうぞマノンとお呼びください。それと、ここでは一切の敬語もお使いになりませんよう。なにしろロクさまは、後宮の主《あるじ》となられる御方《おかた》なのですから」

「は、はい、いえ、うん」

恐縮している俺に笑いかけて、マノンが「さて」と椅子に腰掛けた。

「本来であれば、勇者さまのお渡りとあれば、王宮からの命により儀式の準備を整え、大々的にお迎えするのですが、どうやら事情がおありのご様子。おおよその経緯はグレン将軍の書簡にて拝読しましたが、詳細を伺ってもよろしいでしょうか？」

「えっ⁉　ロクちゃん、勇者なの⁉　すごい！　本物の勇者さま、初めて見たー！」

身を乗り出すティティに、首を振る。

「それが、俺には勇者の資格はないんだ」

「？　どういうこと？」

「俺は確かに、異世界から召喚された。でも、俺の他に、もう一人召喚されたんだ。俺はどうやら、そいつのオマケというか、単に巻き込まれただけみたいで」

「えっ、そんなことあるの？？？」

ティティが目を丸くする。そうだよな、びっくりだよな。たぶん俺が一番びっくりだ。

「もう一人の召喚者――片桐は、すごい魔術とかスキルとか、いろいろ付与されたみたいなんだけど、俺は『魔力錬成』っていうスキルしかなくて」

「魔力錬成、ですか」

「王女は、誰でもできるって言ってたけど」

マノンとリゼが顔を見合わせた。

「そうですね……魔力錬成は、魔術の基礎。要約すると、『心を鎮《しず》め、集中する技術』といったところでしょうか。魔術を使うものならば、必ず身につけているかと」

「私も、初等教育で最初に学んだ記憶があります。時間もほんの二時間ほどしか割かれなかったような？」

ではやはり、特に役に立たないスキルということだ。今なら人々が戸惑っていた理由も分かる。やっぱり、俺には勇者の資格はないってことか。

「それで、王女に王宮に入るのを禁じられちゃって……後宮《ここ》に行けって」

「なるほど」

完全に場違いで申し訳ない。今すぐ摘まみ出されても仕方ないのに、リゼは「そんなことが……大変だったのですね」と涙ぐんでいる。こんな可愛い子にこんなに親身に心配してもらえるなんて、人生で初めてだ。ちょっとじーんとしてしまう。これだけで異世界に転生した甲斐《かい》がある気がする。

「でもすごいな、勇者のための後宮があるなんて」

「これは、初代勇者さまの神話に基づいているのです」

「神話？」

「はい。千年前、北の果てにある《瘴気《しょうき》の巣》より魔王が生まれ落ち、大陸全土を闇に呑《の》もうと牙を剝《む》きました。それを阻《はば》んだのが、異世界より降臨された勇者さまなのです。大陸の守護神イリアは、勇者のもとに美しい娘たち――《神姫《じんき》》を遣わせました。神姫たちは勇者を愛し、支え、傷を癒やし、共に戦いました。勇者は、意志を持つ武器――神器を携えた数多《あまた》の神姫を従えて、ついに魔王を封じることに成功したのです」

へえ、と呟《つぶや》く。

「神器って、勇者の武器じゃないんだな」

「元は神姫たちが使っていたようですね。ですが、年を経るごとに使える者が減っていき、ついには異世界から来た者にしか使えなくなったと。……今は王宮が管理しているので、確かめようがないのですが」

王宮で見た神器の数々を思い出す。なるほど、数が多かったわけだ。あれでさえほんの一部って言ってたしなぁ。

「魔王との戦いを終えて、勇者は元の世界に戻りました。大陸の危機が訪れた時に、必ずまた来ると約束を残して。残された神姫たちは、勇者が戻った際に、再び寄り添い支えることができるように神殿を建て、そこで暮らしました。――それが時を経て、後宮という形で残ったのです」

そうか、ここは神殿の名残だったのか。どうりで荘厳《そうごん》だと思った。

「ですが、今では神姫の神話も廃れつつあります。単に異世界の勇者さまをもてなし、快適にお過ごしいただくためのご内廷、もしくはご内室選びの場所として認識している者がほとんどです。ですので、私たちは勇者さまの生活を潤すため、礼儀作法や料理、裁縫、詩歌、文学、芸術、手跡……あらゆる教養を身につけるのです。……本来は」

「本来は？」

「今は、講義らしい講義もなく、半ば放置されております。王宮からの支援はなく、私もできる範囲で教育をしているのですが、とても手が回らず……」

「放置？　どうして……」

マノンは言いづらそうに目を伏せた。

「此度《こたび》の後宮は、先代勇者さまのために半年前に招集されました。けれど先代勇者さまは、後宮に通われることなく、当時の聖女さまを連れて姿を眩《くら》ませてしまい……」

そういえば、王女もそんなことを言っていた。

「この後宮は、勇者さまを迎えるというお役目を果たせないまま、解体されるところでした。けれどその矢先、再び祝福の実が生《な》り、ひとまず継続と相成ったのです」

「祝福の実？」

「『大陸樹』に生り、勇者召喚の儀の媒体となる実です。そして勇者を召喚できるのは、聖女と呼ばれる巫女《みこ》だけ。現在は国王さまの一の姫、ディアナ殿下になります」

王女の氷のように整った相貌を思い出す。確か、白百合《しらゆり》の聖女とか呼ばれていた。

「祝福の実は、大陸に危機が訪れる際に生ると言われています。結実するまでに百年かかることもあれば、二年ほどで生ることもあります。今回の半年という短さは、さすがに前例がないようですが」

「今って、大陸の危機なのか？　魔王が復活したとか？」

「それは定《さだ》かではないのですが、五百年ほど前から、魔王の魔下《きか》――魔族の動きが活発化しています。特に北方魔族――『暴虐のカリオドス』に不穏な動きがあり……幾度か勇者が召喚され、討伐に赴きましたが、完全に打ち払うまでには至っておりません」

なるほど。だんだんこの世界の事情がつかめてきた。

「祝福の実が生り、召喚の儀が近くなると、大陸中から妙齢の女性が集められ、後宮に入れられます」

「じゃあ、みんないろんなところからきてるのか」

ベッドに寝そべったティティが「そうだよー」と足をぱたぱたさせる。

「ここにいる子たちは、身分も出身地もばらばらだよ。貴族もいるし、農民もいるし、ティティみたいな商人の娘もいるよ」

ティティは商人の出なのか。身につけている物といい、枠にはまらない奔放さといい、貴族出身のリゼやマノンと少し雰囲気が違うのはそのせいなんだな。

「ティティは、なんで後宮に来たんだ？」

そう問うと、ティティは片目をつむってぺろりと舌を出した。

「三食昼寝付きだから！」

その潔《いさぎよ》さに、思わず笑ってしまう。

「なるほど」

「後宮に入るとね、お役目を終えてからも、衣食住とお手当が一生保障されるんだよー」

「それは魅力的だな。ここに来る前は、商売をしてたのか？」

「うん、隊商だよ！　ティティはね、ここからずっと南にあるアルカナ諸島の出身なの。いろんなモノを扱う商人と一緒に、船とか馬で旅をしながら、街を巡ってたんだー」

「へえ。すごく楽しそうだ」

「うん！　でも、もう飽きちゃった。行きたいところも行ったし、楽しいこともやり尽くしちゃったから、後宮にきたの。勇者さまのお嫁さんになんか選ばれなくてもいいから、毎日美味《おい》しいごはんを食べて、ふかふかのベッドでだらだらしながら過ごすんだぁ」

「それはいいなぁ」

全ての人類の究極の夢だ。

リゼとマノンに目を移す。

「二人はなんで後宮に？」

尋ねると、マノンはおっとりと微笑《ほほえ》んだ。

「勇者さまを支え、大陸平和の礎《いしずえ》となることは、父の――ひいてはレイラーク家の悲願でしたので」

「わ、私も、勇者さまの支えになれればと……！」

リゼは何やらあたふたしている。どうやら事情がありそうだ。

マノンに向き直り、昨夜から引っかかっていたことを尋ねる。

「ディアナ王女は、この後宮のことは……」

俺が聞きたいことを察したのか、マノンは困ったように笑った。

「あまり良くは思われていないようですね」

リゼも、膝に乗ったアルルを撫《な》でながら、所在なげにうなだれている。

昨夜聞いた、王女の言葉を思い出す。

『後宮にはワケありのご息女も多く、掃きだめと揶揄《やゆ》する者もおります』

また、片桐にこうも言っていた。

『私たち二人で、新たな神話を築きましょう』

――王女はおそらく、千年に亘《わた》って勇者を支え続けた後宮に代わって、自分が新しい神話になろうとしている。そのためには、神話の名残である後宮が目障《めざわ》りなのだ。

このままではこの後宮は、召喚失敗例《俺》の存在と共に無かったことにされてしまう。

俺にできることはないのだろうか。せめて少しでも、勇者らしいことができれば……

「魔術って、今からでも習得できるのかな？」

マノンは「そうですね」と考え込んだ。

「魔術には、血統や才能、素質といった要素が深く関わるとされております。中でも、持って生まれた素質――血統は大きいと。『偉大な魔術は、尊き血筋をもつ者が幼い頃から修練を重ねて初めて花開く』という言葉もございます。ですから優れた魔術士は、貴族の出の者が多いですね」

なるほど。するといきなり強大な魔術を行使してみせた片桐は、別格中の別格だろう。そりゃみんな驚くわけだ。

そうなると、俺がゼロから魔術を習得するのは、やはり難しいだろうか……――と。

「ティティは半分チガウとおもうんだよね～」

「違うっていうのは？」

振り返ると、ティティは「んー」とピンクの唇を尖《とが》らせた。

「貴族の血が魔術の才能を左右するっていうより、そもそも庶民は『魔術に触れる機会がない』んだよね。魔術を使うには、知識と練習が不可欠でしょ？　いい先生に教えてもらって、何度も何度も練習して、それでやっと形になるってカンジ。だから、忙しいヒト――農民とか商人、畑を耕したり、物を作ったり売ったり、日銭を稼がなきゃいけないヒトたちは、そもそも魔術を習う機会も、練習する時間もないの」

必然的に貴族の方が、魔術が大成する土壌が整っているということか。

「それに、魔術の名門っていわれる貴族の出身でも、魔術を使えない子もいるでしょ？たとえば、フェリスちゃんとか」

「フェリスちゃん？」

「ティティさま」

マノンが慌てて口を挟むが、ティティはけろりと続ける。

「だからね。大事なのは、血統とかじゃないと思うんだ。練習できる時間がたっぷりあるかとか、コツをつかめるかどうか。あと一番大事なのは、上手に、教えてくれる先生がいるかどうかだと思うんだよね」

なるほど。環境によるものが大きいということか。

マノンが言葉を繋《つな》ぐ。

「元は神姫の神殿ですから、かつては後宮でも、教養の一環として魔術や剣術の講義が行われていたようです。優秀な魔術士を多く輩出し、王宮防衛の要としても一目置かれていたとか。その慣習も、今ではすっかり廃れてしまったようですが」

「二人は、魔術を使えるのか？」

マノンは困ったように笑って首を横に振った。

「基本は習いましたが、当家はあまり魔術に力を入れていないのです」

一方のリゼは、うつむいて口ごもる。

「子どもの頃は使えたのですが……」

「すごいな。得意な魔術とかあったのか？」

「あの、『炎魔球《ファイア・ボール》』という魔術が……」

「あっ、ティティ見たことあるよ、火の球がふわふわ浮くやつでしょ？　綺麗《きれい》だよねー！」

リゼは笑って頷《うなず》いた。が、笑顔がぎこちない。

どうしたのだろう——そう思ってから、思い出す。

「あ。そういえば、あの模様みたいなのって、何なんだ？」

「え？」

「全身に巡ってる、光の筋っていうか」

「？」

「片桐やグレン将軍が魔術を使うときに、全身に脈みたいな光が浮き上がったんだ」

リゼとティティは首を傾《かし》げている。反応が微妙だ。この世界の人は、みんな見えてるのかと思ったんだけど……

じっと考え込んでいたマノンが、顔を上げた。

「それはもしかすると、魔力の通り道——魔力回路でしょうか？」

「魔力回路？」

「はい。魔力とは遍《あまね》く生き物に宿る命の源流にして、魔術の素《もと》。生まれた時から体内に存在し、血液のように全身に行き渡っていると言います。その道筋を魔力回路と呼ぶのです。ただ、魔力そのものを視《み》ることができる能力など、聞いたことはありませんが……」

「魔力が視えるなんて、初めて聞いたよ！　それってすごくすごいんじゃない⁉」

目を輝かせるティティの隣で、リゼが「魔力……」と小さく呟《つぶや》いた。

「ねえねえ、今も視えるの？」

「うーん」

少女たちの姿に目を凝らす。額のあたりに意識を集中すると、マノンたちの肌に、脈のような模様が浮かび上がってきた。

「あ、視えてきた」

「わあ！　どんな、どんな⁉」

「マノンは、緑の光で、輝きが強くて……」

「まあ」

「で、ティティは蒼《あお》い光が、元気にぴかぴかしてる」

「へえー！　人によって違うんだね！　おもしろーい！」

俺は次いで、リゼに視線を移し——

「あれ？」

リゼは全身を硬直させ、顔を伏せている。その全身には、禍々《まがまが》しさを覚えるような黒い模様が浮き出ていた。昨夜見た時は、もっと優しい色だった気がするのだが――

ちょっと考えて、「リゼ」と声を掛ける。

「は、はい」

「もしよかったら、魔術を見せてくれないか」

「！」

リゼは首を振った。

「だ、だめです。私、本当に、小さな頃に使ったっきりで……」

リゼは戸惑っていたが、やがてきゅっと唇を噛《か》むと顔を上げた。

「頼む」

空中に手をかざす。部屋の空気が張り詰め――パチッと、リゼの指先で何かが弾《はじ》けた。

（……黒い火花？）

リゼの魔力回路が、黒い蛇のようにうねる。やがて、リゼの周囲にバチバチと黒い火花が飛び始めた。子犬のアルルが毛を逆立てて、俺に飛び移る。

マノンが表情を強《こわ》ばらせた。

「これは……」

黒い火花は、次第に勢いを増し――やがて、リゼがうなだれた。

「……やっぱり、できません」

その魔力回路は、どろりと黒く濁っている。

リゼは今にも泣き出しそうな顔をしていて――俺はその手を取った。

「ちょっとごめん」

「あ……」

ほっそりとした指先は強ばり、冷え切っていた。ひどく怯《おび》えている。

「リゼ、ゆっくり呼吸して」

リゼは不安げに俺を見つめていたが、言われたとおりに、深く息を吸った。

「いいぞ。そのまま力を抜いて。心の中で、『大丈夫』って唱えるんだ」

子どもをあやすように言いながら、握った指先をさする。昨夜触れた時に感じた、優しいぬくもりを思い出しながら。

凍えていた手に、ゆっくりと体温が巡る。

やがて、指先にぽうっと光が灯《とも》った。昨夜視たのと同じ、淡く柔らかい輝き。優しい炎を彷彿《ほうふつ》とさせる、清らかな赤。たぶんこれが、リゼの本来の魔力なんじゃないだろうか。

指先で生まれた光が、回路を通ってリゼの全身に巡っていく。何かを感じたのだろうか、リゼが息を呑《の》んだ。

「……──」

「きっと、今なら大丈夫だ」

そう告げて手を離すと、リゼが小さくうなずいた。

再び手をかざす。

バラ色の唇が、震える声で呟いた。

「……『炎魔球』」

リゼの指先で、ぱちぱちと小さな火花が遊び──炎の球が、ふわりと空中に現れた。

「わあ、きれい！」

ティティが歓声をあげる。アルルが嬉《うれ》しそうにきゅうきゅうと鳴きながら、リゼの肩に駆け上った。

「あ……」

炎は溶けたガラスのように透き通りながら、とろとろと燃えている。リゼの白い頬を、優しい赤が温かく照らす。

「私の、魔術……」

「きれいだな」

宝石のような輝きに見とれてしまう。

ああ、何かに似てると思ったら。

「リゼの瞳みたいだ」

「え？」

リゼは深く澄んだ双眸《そうぼう》を見開いて、俺を見つめ——その瞳に、涙の膜が張った。

驚く暇もなく、柔らかな身体《からだ》が縋《すが》るように俺の胸に飛び込んでくる。

「！　り、リゼ……？」

慌てて名を呼ぶが、応えるのはわななく吐息だけだった。

細い肩が震えている。どうやら泣いているようだ。

「⁉　ご、ごめん⁉」

俺、変なこと言っちゃった⁉

「ちが……違うのです……ごめんなさい、嬉しくて……」

俺が震える背中をさすると、リゼは笑いながら自分の涙を拭った。

「ずっと……あの日からずっと、諦めてしまっていたんです……もう二度と、使えないものだと、思っていたから……」

潤んだ声で噛みしめるように呟くと、俺の手を握った。涙に濡《ぬ》れた瞳が俺を見つめる。

「ロクさまは、私が待ち焦がれていた御方《おかた》に他なりません。誰がなんと言おうと、ロクさまは勇者さまです。私の、ただひとりの勇者さまです」

「リゼ……」

喜びと親愛の籠もったまなざしに、胸の奥が熱を帯びる。

やがて、炎がきらきらと火の粉を散らしながら消えた。

マノンはじっと考え込んでいたが、おもむろに口を開いた。

「ロクさま。そのお力は、もしかすると――」

その時、ノックの音が響いた。

「マノンさま」

現れたのは、メイド服を着た少女だった。マノンの侍女だろうか、いかにも仕事ができそうなクールな佇《たたず》まいだ。

「ロクさまのことが後宮内で噂《うわさ》になっているようです。皆さまに何とお伝えしましょう」

俺はリゼと顔を見合わせた。そりゃあ、後宮に男がいたらざわつくよな。

マノンがいたずらっぽく微笑《ほほえ》む。

「そうね。まだ内密にしておこうと思ったのだけれど……そうはいかないようね？」

「はい。すでに噂を聞きつけた侍女たちが押し寄せています」

侍女が扉を開くと、メイド姿の女の子たちがわっ！　となだれ込んできた。

「あっ、やっぱり男の人よ！」

「ゆ、勇者さまなのですかっ？」

「マノンさま！　王宮では、二日後に歓迎パーティーが執り行われると聞きました！」

「勇者さまが召喚されたのなら、なぜ後宮にお達しがないのでしょうかっ？」

どうやら大事になってしまった。勇者の資格がない男なんて、追い出されても文句は言えない。やはり俺には、ここにいる資格は——

半ば覚悟を決めた時、リゼが立ち上がり、叫んだ。

「こ、この御方は、魔術の特別講師さまですっ！」

「!?」

魔術講師!?

驚愕《きょうがく》する俺の肩に手を添えながら、リゼは声を上擦らせて力説する。

「勇者さまをお支えする神姫《じんき》たる者ならば、魔術のひとつやふたつ使えて当然！　神姫として恥ずかしくない教養を身につけるため、こ、この方には、みなさまに魔術を教えていただきますっ！」

俺は慌てて視線を走らせたが、頼みの綱のマノンは「あらあら」と微笑んでいる。

「り、リゼ！　ちょっと待っ……！」

「ロクさまなら大丈夫です！」

「で、でも俺は、魔術は使えないんだ。ただ魔力が視られるってだけで……！」

言葉半ばに、柔らかな手が、俺の手を包んだ。

「ロクさまのお力は、すごいのです！　きっと魔術の歴史が変わります、沢山の人が救われます。お願いです、ロクさまにしかできないことなのです！」

祈りに似た眩《まばゆ》いまなざしが、俺を見つめる。

小さくて柔らかなぬくもりを手に感じながら、俺は自分が無意識のうちに諦めようとしていたことに気付いた。たらい回しにされ続けた人生、行く先々でそれなりにはやってきたけど、思えば本当の自分はどこにもいなかった。部活にも入らずバイト先のコンビニで客に頭を下げながら。二十日ぶりの休日、暇を持て余した上司に呼び出されて笑顔で酌をしながら。くたびれたベッドの中でSNSを眺めながら。いつもどこかに帰りたくて、それでもどこにも帰れないまま――誰にも必要とされないまま、ただ日々を消費していた。

こんなに純粋に、心から求められたのは、きっと生まれて初めてで。

「…………」

リゼが握る何の力もない手に、白銀の魔力が通う。

魔術も使えない、特別なスキルもない。けれど魔力を視《み》られる俺が――俺だけができること――

「うまくやれるか分からないけど……できる限り、やってみるよ」

そう笑うと、リゼはぱっと顔を輝かせた。

「はい！　リーズロッテ・ベイフォルン、全力でサポートさせていただきます！」


そして、翌日の昼過ぎ。

後宮の中央にある広場で、急ごしらえの魔術講座がはじまった。

俺が台の上に上がると、集まった少女たちからはしゃいだ声が上がる。

「見て、本当に殿方よ！　どうしよう、緊張してきちゃった！」

「外部から講師の先生をお招きするなんて初めてですわね。どんな講義か楽しみですわ」

「わたし、魔術って使ったことないんだけど、ちゃんとできるかなぁ」

広場を埋め尽くす色とりどりのドレス。小鳥のように愛くるしい囀《さえず》り。風に乗って、香水とも石けんともつかない良い香りが鼻腔《びこう》をくすぐる。さすがは後宮というべきか、どの少女も天使級に愛らしい。髪は絹のように艶《つや》めいて、指先まで手入れが行き届いている。さらにそれぞれドレスや髪型、装飾品で思い思いにおめかししているのだから、とにかく華やかだ。

こんな光景、現世ではまずお目にかかれなかった。今でも夢ではないかと疑ってしまう。しかもその神に愛された芸術のごとき麗《うるわ》しい集団が、俺の一挙手一投足に注目している。

（今さら緊張してきた……！）

魔術については、マノンから本を借りて一晩で詰め込めるだけ詰め込んだが、果たして通用するかどうか。

がちがちになっている俺の背に、小さな手のひらが添えられた。

振り向くと、リゼが俺を見上げていた。

「ロクさま、大丈夫です。リゼがついています」

揺るぎない信頼と親愛を湛《たた》えた双眸に、緊張がふっとほどける。

「ありがとう」

リゼは微笑むと俺の隣に進み出て、ぺこりと頭を下げた。

「みなさま、お集まりいただきましてありがとうございます。この度、後宮でも教養の一環として、魔術の基礎を学ぶことになりました。本日より魔術の教官をしていただきます、ロク先生です」

「ええと、初めまして、ロクです。よろしくお願いします」

たどたどしく自己紹介をして、さっそく実践に移る。

「それじゃあ、まずは、『浮魔球《スペル・ボール》』に挑戦してみよう」

『浮魔球』は魔術の基礎中の基礎とされているらしい。

これが属性によって、『炎魔球《ファイア・ボール》』や『水魔球《アクア・ボール》』になるという。

「リゼ、手本を見せてくれるか」

「はい！」

俺はリゼの背中に手を添えた。リゼの全身に、赤い模様が浮かび上がる。

リゼが「『炎魔球』！」と唱えると、赤い光が空中に現れた。

「まあ、なんてきれいなの！」

「素晴らしいですわ、リゼさま」

ご令嬢たちの賞賛を浴びて、リゼは嬉しそうにはにかんでいる。

「じゃあ、それぞれ魔力を練ってみてくださ――あ、いや、練ってみてくれ」

マノンから、「後宮《ここ》では敬語は使われませんように」と再三念を押されたのだった。

と、最前列の少女がおずおずと手をあげる。

「先生。魔力を練るとは、どうすれば良いのでしょう？」

そうなるよな。

マノンから聞いたところによると、学校で教わる魔力錬成の方法は、すこぶる簡単。

『意識を集中し、大気中のエーテルを感じ、魔力を練る』。……実に抽象的だ。目に見えないものだけに、言語化が難しいのだろう。

――だが、俺なら直接視ることができる。

「まずは深呼吸して。鼻から吸って、肺をいっぱいにふくらませて、口から細く吐く」

俺の言葉に、少女たちは素直に従った。

目をこらすと、少女たちの身体に光の模様――魔力回路が浮かび上がった。火が熾《おこ》るように、少しずつ輝きを増していく。

魔力の光は、おおよそ赤、青、緑、黄色の四色。おそらく四元素の属性――火、水、風、土に対応しているのだろう。どうやら個人の体質や気質ごとに、それぞれ相性の良い属性があるらしい。希《まれ》に紫とか琥珀《こはく》色の子もいるが、属性が混ざっているのか、もしくは四元素以外の属性があるのか。

俺はひとまず、少女たちを色ごとに四つのグループに分けた。

「このグループは火。こっちは水。それぞれ属性を意識して。大事なのは、呼吸に集中することだ。息をゆっくり、深く繰り返すのを忘れずに」

昨夜リゼたちと色々試したのだが、魔力錬成には呼吸が深く関わっているらしい。

この世界には、大気中にエーテルというエネルギーが存在している。そして正しい呼吸法によってエーテルを体内に取り込むことで、魔力を活性化させることができるようだ。

列の間を歩きながら、それぞれの魔力回路を注意深く観察する。魔力の通い方にも、それぞれ個性がある。身体《からだ》の一部だけ強かったり、流れが速かったり。

「ちょっと呼吸が速いかな。もっとゆっくり、深く。お腹《なか》のあたりに意識を集中して。そう、うまいぞ」

少女たちが小首を傾《かし》げる。

「なんだか不思議な魔術講座ね」

「実家で家庭教師の先生に習った時は、とにかく実践という感じだったけれど……なぜ魔力を練るだけのことに、こんなに時間を掛けるのかしら？」

そんな声も聞こえる中、おおよそ、全員の魔力回路が整った。

「よし、深く息を吸って」

みんなの魔力の輝きが最高潮になるタイミングを見て、告げる。

「唱えて」

「「『浮魔球』！」」

少女たちの声が重なり――広場に、無数の光の球が現れた。

わっと歓声が上がる。

「す、すごい！　こんなに簡単に⁉」

「わたくし、魔術って初めて使いましたわ！」

「私って水属性だったんだぁ！　ずっと火属性だと思ってたぁ！」

「ティティもできたー！　ロクちゃんせんせーすごいね⁉」

少女たちは驚いたり笑ったりしながら、手を取り合ってはしゃいでいる。見ているこちらまで嬉《うれ》しくなる光景だ。成功して良かった。

「よし。次は『魔矢《マジック・アロー》』に挑戦してみよう」

「「はい！」」

『魔矢』は『浮魔球』と同様、初歩の魔術だ。一夜漬けの知識によると、魔力を矢のようにして一直線に放つらしい。

それぞれのグループに分かれた少女たちが、的に向かって一列に並ぶ。

さっきと同じように、魔力が整うまで呼吸を繰り返させる。

そして。

「唱えて」

「「『魔矢』　！」」

細い指先から放たれた光条が、次々に的を撃ち抜いた。

「できた、できた！」

「すごいわ！　今までどんな偉い先生に教えてもらっても、成功しなかったのに！」

「魔術って、貴族にしか使えないと思ってましたぁ！」

魔術講座は大いに盛り上がり、本来の時間を大幅に延長して、午後いっぱい続いた。

「ロクさま、呼吸のコツについてもう一度教えてください！」

「ロク先生～。魔術がうまく発動しません、どうすればいいんですかぁ？」

いつしか広場には、俺を求める声があちこちから響くようになっていた。少女たちの間を歩き、魔力がうまく練れない子には根気よく呼吸のコツを教え、回路が詰まっている子にはその箇所をさすって魔力の流れを取り戻す。

次第に心を開いてくれたのか、少女たちは俺のもとに殺到してはあれこれ質問したりアドバイスを求めたりして、日が傾く頃には、誰もが尊敬の目で俺を見つめていた。

みんなが一通り魔術を発動できるようになって一息ついた時、リゼが近寄ってきてそっと耳打ちした。

「あの、ロクさま。よろしければ、あの子たちにも教えていただけませんか？」

リゼが示す先、壁際《かべぎわ》に並んだ侍女たちが、楽しげな主《あるじ》を羨ましそうに見学していた。

「もし良かったら、みんなもやってみないか？」

そう声を掛けると、侍女たちは弾《はじ》かれたように笑顔を咲かせて、わっと駆け寄ってきた。

「ロク先生、魔力を練るって、どうやればいいのですかっ？」

「魔術の基礎も知らないのですが、私にもできるでしょうか？」

「えっと、じゃあ、一列にならんで。まずは呼吸の仕方から練習しよう」

目を輝かせた女の子たちに囲まれて慌てふためく俺を、リゼは嬉しそうに見守っていた。


初めての魔術講座は無事に終わった。

後宮の少女たちはもちろん、侍女たちも「魔術、初めて使いました！」「すごいです！明日の講座も楽しみにしてます！」と大はしゃぎ。

即席魔術教官をすることになった時は焦《あせ》ったが、どうやら何とかなったようだ。

夕食後、リゼたちは再び俺の部屋に集まっていた。

「ロクさま、本当にすごいです！　これまでお会いしたどんな先生よりも分かりやすくて、優しくて、みなさまとても驚かれていました！　リゼ、一生ついて行きます！」

興奮して頬を上気させるリゼに、俺は笑った。

「リゼのおかげだよ」

緊張でがちがちになっていた時、リゼが勇気づけてくれたから、なんとかやりきることができた。嬉しそうに俺を取り囲む少女たちを思い出して、胸に熱が宿る。

一時は追い出される覚悟さえ決めていたのに、みんなあんなに喜んでくれて、温かく受け入れてもらえて……なんだか夢みたいだ。

「リゼが、俺とみんなを繋《つな》いでくれたんだ。ありがとう」

そう笑いかけると、リゼは「い、いえ、そんなっ」と赤くなった頬を押さえた。

その隣で、マノンが信じられないとばかりに苦笑する。

「まさかほんの数時間で、ほとんどの姫が魔術を使えるようになってしまうとは」

「そんなにすごいことなのか？」

みんな簡単に使っているように見えたが……

マノンは首を振った。

「まずあり得ないことです。それこそ、魔術の歴史が覆《くつがえ》ります」

俺は本で読んだ『魔術の素養』のページを思い出しながら、思考を巡らせた。

「魔術に必要なのは、血筋と才能、か……」

それがこの世界の魔術の常識だ。しかし、もしそれが間違っていたとすれば。

『魔力錬成は、魔術を使う人間なら誰でもできる』。ディアナ王女は確かにそう言った。

けれど、もし逆なのだとしたら。

(魔力錬成さえできれば、誰でも魔術を使える……?)

リゼが「そうだ!」と手を打った。

「明日の歓迎の儀に合わせて、後宮で花火を打ち上げませんか? みなさま、今日だけであんなに魔術を使えるようになったのです、練習すれば花火だってできそうです!」

「花火?」

マノンが引き継ぐ。

「明日、勇者さまが召喚されたことを祝って、歓迎の儀という祝宴が催されるのですが、その際、王宮お抱えの魔術士たちが魔術で花火を打ち上げるのです。魔術の腕試しも兼ねていて、一番見事な花火を打ち上げたものには、ご褒美《ほうび》があるそうですよ」

それは楽しみだ。

しかし、マノンは小首を傾げた。

「ですが、花火は複雑な魔術の組み合わせ。上級魔術士でも難しいと聞きましたが……」

そうですか……としょんぼりするリゼを見て、俺は口を開いた。

「みんなでひとつの花火を作るっていうのはどうだ？　ひとつひとつの役割を分担して」

「わあ、それおもしろそー！」

ティティが足をぱたぱたさせるが、マノンは鳩《はと》が豆鉄砲を食ったような顔をしている。

「みんなで、ですか」

「難しいかな？」

「あ、いえ。ただ、魔術士にとって、魔術は努力と血脈の結晶であり、誇りそのもの。他者と合わせてひとつの魔術にするというのは、あまり聞いたことがなく……」

技術というより、プライドの問題ということだろうか。

すると、ティティが手を挙げた。

「ティティは、別に抵抗《テーコー》ないよ。みんなでキレーな花火打ち上げたほうが面白そうだもんね！」

その意見に、マノンもにっこりと笑って頷《うなず》く。

「そうですね。後宮のご令嬢たちは、もともと魔術士というわけではないので、その辺はフラットな方が多いかもしれません」

俺は紙とペンを手に取った。

「じゃあ、なるべく初歩の魔術を組み合わせよう。メインを浮魔球の応用にして……」

一人一人の魔力回路を思い出しながら、役割を振り分ける。

リゼは頰を紅潮させて拳をぶんぶんと上下に振った。

「私、がんばって練習します！　勇者さまの歓迎の儀なら、ロクさまの歓迎の儀でもあるのですから、盛大にお祝いしなければ！」

リゼはどうやら、俺が勇者だと信じて疑っていないらしい。その無邪気な信頼がどうしようもなく嬉しくて、「ありがとう」と笑う。

「よーし、特訓がんばろー！」

ティティの声に合わせて、俺たちは「おー！」と拳を突き上げた。

◆　◆　◆

王宮の北東にひっそりと建つ、召喚の間——別名、銀果宮《アステル・パレス》。

藍色の夜空に、大陸樹が枝を張っている。

一昨日《おととい》自分が召喚された場所で、リュウキは自分の前に居並んだ男女を睥睨《へいげい》した。

ディアナが恭《うやうや》しく頭《こうべ》を垂れる。

「リュウキさま。こちらが、ギルドよりSランクの評を受けた、選《え》りすぐりの冒険者たちでございます。リュウキさまには、この中から幾人かをお選びいただき、パーティーを組んでいただきたく」

「パーティーだ？　別に、必要ねぇだろ」

「仲間をまとめる力も、神器に認められるための大切な素養でございます。まずはパーティーメンバーとともに近隣の魔物を倒し、レベルをお上げください」

大仰に祀《まつ》られている神器の数々を、リュウキは忌々《いまいま》しい思いで見遣《みや》った。

その『神器が持ち主を選ぶ』というシステムが、そもそも気に入らない。世界の危機なんだろ、おとなしくオレに使われておけ。

ディアナはリュウキの心を読んだように微笑《ほほえ》んだ。

「もちろん、リュウキさまが既に無類の英雄であることは存じております。しかし魔族を、ひいては魔王を倒すためには、神器が必要不可欠。特に、北方を脅《おびや》かす魔族――『暴虐のカリオドス』は強敵です。念には念を」

リュウキは息を吐くと、冒険者たちに向き直った。

白いローブに身を包んだ神官が、右端に立っている男から紹介を始める。

「この剣士は、『金蠍騎士団《きんかつきしだん》』に所属する、ガリフ・エルニアでございます。幼少のみぎりより神童と呼ばれ、大陸でも三本の指に入ると誉れ高く……」

「構えろ」

リュウキの言葉に、剣士がぴくりと眉をはね上げる。

リュウキは進み出ながら、昨日下賜《かし》されたばかりの剣を抜いた。

「聞こえねぇのか。構えろって言ったんだ。この世界のSランクってやつがどれくらいのものか、オレが直々に試してやる」

剣士は一瞬押し黙り、剣を抜いた。その切っ先が、ひたりとリュウキを見据え――

「『勇壮鼓舞《ナイト・ブースター》』」

小さく呟《つぶや》くと同時、リュウキは踏み込んだ。

石床が砕け、身体《からだ》が一瞬で加速する。

両者がすれ違った、ほんの刹那。

リュウキの放った一閃《いっせん》が、相手の剣をはね飛ばしていた。

「ぐっ……!?」

剣を収め、腕を押さえて膝を突いている剣士を見下ろす。

「で？」

周囲の神官からおお、とどよめきがわいた。

「な、なんという速さ！」

「Sランク冒険者さえ太刀打ちできないとは……！」

「嘘《うそ》だろ、金蠍のガリフを一瞬で……っ」

おののく冒険者たちを見て、リュウキは「こんなもんか」と口を歪《ゆが》めた。

「全員帰らせろ」

「し、しかし……！」

神官を遮るように、天に向けて手をかざす。

「『紅蓮炎《フレイム・スール》』！」

咆哮《ほうこう》に応えて、深紅の炎が夜空に逆巻いた。

「ひ……！」

神官が腰を抜かしてへたり込む。

「きょ、極大魔術……っ!?」

凄《すさ》まじい威力に後ずさる冒険者たちを、リュウキは侮蔑の目で眺めた。

「Sランクの冒険者が、なんでレベル1の俺より弱《よえ》ぇんだよ。話にならねぇだろ」

悔しげに歯ぎしりする剣士の前にしゃがみ込む。

「オレはさぁ、剣なんて昨日初めて握ったんだよ。で？　お前は？　幼少の頃から？　血の滲《にじ》むような鍛錬を重ねてきたわけだ。それはご苦労だったなぁ、神童サマよォ」

「ッ……！」

鼻を鳴らして立ち上がると、神官に命じる。

「次はもっと骨のあるヤツを呼べ。俺の供に相応《ふさわ》しいヤツらをな」

冒険者たちが帰されたあと。

不機嫌に舌を打つリュウキに、ディアナが「リュウキさま」と歩み寄る。

「なんだ。文句あるのか」

「いいえ、まさか」

ディアナはにっこりと微笑むと、リュウキの腕に指を絡《から》めた。

「さすがはリュウキさまですわ。なんといっても、リュウキさまは一流の勇者。付き従う者も一流でなくては」

ふ、と笑みがこぼれる。

そうだ、オレは選ばれたのだ。剣など持ったこともないのに、身体が動く。スキルなど使ったこともないのに、何をすべきかが分かる。この世界に転生した瞬間から、何もかもを授かった。一流の剣技も、至高の魔術も、最強のスキルも。当然だろう、オレは英雄になるために喚《よ》ばれたのだ。ただ一人の勇者として。

――今なら分かる。元いた世界など踏み台に過ぎなかったのだ。ここが、この世界こそがオレの舞台。オレのために誂《あつら》えられた花道。

「明日の歓迎の儀では、リュウキさまの御名が大陸中に轟《とどろ》くことになりましょう。楽しみですわね」

ディアナの声が、心地よく耳を撫《な》でる。

あの男はどうしているだろうか。まるでオレを引き立てるために存在しているような、無能で使い道のない、あの可哀想《かわいそう》な男は。

（せいぜい掃きだめの後宮で、鼻の下を伸ばしてりゃいい。お前が女にうつつを抜かしてる間に、オレが世界ごと救ってやるよ）

乾いた夜風に、大陸樹がシャラシャラと鳴っていた。

◆◆◆

次の日。

昼過ぎから、第二回魔術講座を開催した。

花火の件を提案すると、みんな喜んで賛成してくれた。

役割を分担するため、グループを二つに分けて特訓する。日が傾く頃には、ほとんどの少女が安定して魔術を放てるようになった。

何度もシミュレーションを重ねて、迎えた夜。

王宮は今頃、歓迎の儀の真っ最中だろうか。後宮でも祝宴を開こうということで、広場にはテーブルが出され、ごちそうが並んでいる。

「後宮にはお声が掛からなかったわね。やっぱり、前の勇者さまのことがあるから……」

「いいじゃない、せっかくのお祝いですもの、楽しみましょうよ」

明るい笑い声と、お祭りのそわそわした雰囲気。なんだか文化祭みたいだ。

「全員、準備できたか」

「はいっ」

広場の中央に、魔力量豊富なマノンが立ち、それを囲むようにして他の姫たちが二重の円に並んでいる。

遠く、王宮の方角がパッと明るくなった。

屋根の上に登って偵察していた侍女が叫ぶ。

「花火が始まりました！」

「よし。リゼ、頼む」

視線を送ると、リゼが緊張した面持ちで声を張った。

「浮魔球《スペル・ボール》隊、用意！」

まずは内側の円に並んだ少女たちが、魔力を練りはじめる。

俺はそれぞれの魔力に目を配った。

最高潮になるタイミングを見計らって、合図を出す。

「撃《て》ーっ！」

リゼやティティを中心に、火と水を得意とする少女たちが、一斉に頭上へ魔術を放つ。

「「『浮魔球』！」」

広場の上空に、魔力の球がいくつも生まれる。

ふわふわと浮かぶ色とりどりの魔球に向けて、中央に立つマノンが手を掲げた。

「いきますよ～！　特大『風魔矢《ウインド・アロー》』！」

上空に向かって、風の柱がごうっ！　と逆巻いた。

光の球が風に乗って打ち上がり、みるみる遠ざかっていく。

リゼの声に応えて、外側の円に並んだ少女たち——魔矢隊が上空に指を向ける。

「魔矢隊《マジック・アロー》、用意！」

「三、二、一、……今！」

俺の号令に合わせて、一斉に放たれた魔矢が夜空を切り裂き、はるか上空の浮魔球を撃ち抜く。色とりどりの球が弾《はじ》けて、夜空に大輪の花が咲いた。

わあっと歓声が上がる。少女たちが手を取り合って飛び跳ねた。

「すごい、すごーい！」

「なんて綺麗《きれい》なんでしょう！　魔術とは、このような使い方もできるのですね！」

光の欠片《かけら》が、夜空を彩《いろど》る。みんなの魔力をひとつに束ねた、大輪の花。

空を見上げていると、たくさんの笑顔が俺を取り囲んだ。

「ロク先生！　わたし、魔術がこんなに楽しいなんて、知りませんでした！」

「これからもよろしくお願いします！」

少女たちの瞳は、きらきらと輝いていて——ふと、もうこれ以上、嘘をつき続けることはできないなと思った。

リゼを見ると、柔らかく笑って頷《うなず》いてくれた。

俺は少女たちに向き直り、「ごめん」と告げた。

「俺は、魔術の教官じゃないんだ」

みんながびっくりした顔で俺を見る。

「実は二日前に、異世界から転生してきて」

「えっ、じゃあ……」

驚きと興奮、期待の入り交じった表情。

しかし俺は、首を横に振らなければならなかった。

「でも、勇者じゃない。魔術が使えないんだ。スキルも、その……魔力錬成っていう、誰にでもできるスキルしかなくて……本当の勇者は、俺じゃない。俺と一緒に召喚された、もう一人の男なんだ」

頭を下げる。

「騙《だま》してごめん。みんなの期待してた勇者じゃなくてごめん」

「そんな……」

少女たちは声を失っていたが、やがて首を振った。

「謝ることなんて、ひとつもございません」

「そうです、魔術講座、楽しかったです。ロク先生はとてもお優しくて、ひとりひとりに目を配って、どんな小さな相談にも親身になって一緒に考えてくださって」

「私たち、ロク先生が後宮の主《あるじ》さまならいいのにって、みんなで話していたんです」

「みんな……」

リゼが「ロクさま」と微笑《ほほえ》む。

「たとえ勇者じゃなくても、ロクさまが後宮の主と定められたことに変わりありません。私はロクさまに救っていただきました。返したいご恩があるのです。ロクさまがこの後宮で心安らかにお過ごしになれるよう、これからも精一杯お仕えします」

「私もです！　どうか、ここに居てください！」

「また、魔術を教えてほしいです！」

少女たちの声が重なる。俺を見つめる柔らかな表情。親愛に満ちた瞳。

声が喉に詰まる。

この子たちは、こんな俺を——世界から弾かれ続けた、何の力もない俺を、こんなにも温かく受け入れてくれるのか……

「ロクさま」

顔を上げた先、マノンが微笑んでいた。

「まだ、ロクさまに勇者の資格がないと決まったわけではありません」

「え？」

「勇者は神器が選ぶもの。神器を手にして、初めて勇者として認められます。ですので、異世界より召喚されたお二人のどちらかが正式な勇者とはまだ言えませんし、お二人とも勇者である可能性もあります」

「……――」

右手を見下ろす。役立たずと……無能と切り捨てられた俺に、まだできることがある……？

ふと、いつか占い師に告げられた言葉を思い出した。

『おぬしは、いずれ『約束の地』にたどり着く。そこで望むものを手に入れるじゃろう』

顔を上げ、一心に俺を見つめる少女たちを見渡す。

……ここが、俺の約束の地なのだとしたら――

マノンは胸に手を当て、厳かに膝を折った。

「私たちは、いにしえの神話から脈々と続いてきた神姫《じんき》の魂を継ぐ者。今この時より、ロクさまを支え、癒やし、歩みを共にするのが私たちの使命。後宮一同、誠心誠意、ロクさまにお仕えいたします」

マノンに続いて、少女たちが一斉に頭《こうべ》を垂れる。

その光景に、ぐっと胸が詰まった。

声を失って立ち尽くしていると、マノンがにっこりと笑って手を叩《たた》いた。

「さあ、宴《うたげ》を！　ここに最上の主を迎えたことを言祝《ことほ》ぎましょう！」

宮女たちが水を得た魚のように動き出し、侍女たちが楽器を持ち寄って音楽を奏《かな》で始めた。後宮の少女たちは、息を合わせて次々に歓迎の花火を打ち上げる。

リゼが俺の手を引いた。

柔らかなまなざしに導かれ、足を踏み出す。俺を待つたくさんの笑顔、その輪の中へ。

「ロクさま、こちらへ！」

「ロクさまぁ！」

俺の名を呼ぶ声が耳を打つ。信頼と敬愛の籠もった、温かな声。

──ずっと諦めていた。居場所なんて、この世のどこにもないのだと。きっと、このどこにも帰れない虚《むな》しさを抱えたまま、なんとなく生きて、死んでいくのだと。

けれど。もしも──

異世界の空に、魔術の花が咲く。色とりどりに染まる空の下、嬉《うれ》しそうな笑顔が、俺を迎える。

「ようこそ後宮へ、私たちの勇者さま！」

──もしも後宮《この子たち》が、俺を迎え入れてくれるのなら。

応えたい。この笑顔に、俺の持てる限りの力で。

胸を突き上げた熱い衝動は、笑みになって零《こぼ》れた。

「ありがとう、みんな」

小さく、噛《か》みしめるようにして呟《つぶや》く。

星空の下に、眩《まばゆ》い笑顔が弾けた。

◆　◆　◆

打ち上がる花火の下、あどけない笑顔が咲く。

少女たちに手を引かれて笑っているロクの横顔を見ながら、マノンは目を細めた。

ロクが、リゼの本来の魔力を解放し、凍えた魂を溶かした時。

この人が、この人こそが、私たちの救世主なのだと思った。

後宮に集った、可愛《かわい》い令嬢たち。もちろん、華やかな生活に憧れて入った者もいる。勇者を支えるという崇高な信念のもとに、自ら望んで入宮した娘もいる。だがその一方で、親に疎《うと》まれて居場所をなくし、あるいは身を売られてきた娘たちもいた。

楽しげな笑い声に身を委ねながら、目を閉じる。打ち捨てられ、人々の記憶から忘れ去られるのを待つばかりだったこの後宮に、こんなに明るい声が響くのはいつ以来だろう。

この人ならば、きっと彼女たちを幸せな未来に導いてくれると、そんな気がした。

そして、と心の中で小さく呟く。

そして、最後の最後でいいから、私の夢も叶《かな》えてくれたら、とても嬉しい――

◆　◆　◆

リュウキはバルコニーに立っていた。

歓迎の儀には、他国の賓客も多数出席しているらしい。最初は代わる代わる挨拶に訪れる客の相手をしていたのだが、うんざりしてバルコニーに出て来た。

「どいつもこいつも、オレをだしにして騒ぎたいだけじゃねえか」

ワイングラスを勢いよく飲み干した瞬間、頭上で花火が打ち上がった。

「始まりましたね」

いつの間に来ていたのか、ディアナ王女がリュウキに寄り添った。

「宮廷魔術士たちの花火です。リュウキさまを祝福しているのですわ」

賓客たちもバルコニーに出てくる。

歓声が上がる中、リュウキは鼻を鳴らした。なんてしょぼい魔術《花火》なんだ。色は単色、規模も小さい。まるでお遊びだ。オレの極大魔術を見せつけてやろうか。

これ以上見たところで、興が削《そ》がれるだけだ。

中に戻ろうとした瞬間――遠く、南の方角から、巨大な花火が打ち上がった。

臣下たちが色めき立つ。

「なんだ、あの花火は⁉」

これまでの花火とは違い、かなり距離がある。にも拘《かか》わらず、遠目でも今日打ち上がった花火の中で、最も巨大で華やかだった。

「あの方角は……！」

身を乗り出すディアナに、兵士が駆け寄る。

「ディアナさま。ただいまの花火、後宮から上がったようです」

「後宮ですって⁉　あそこには、魔術を使える者などろくにいなかったはず……！」

王女が目を剝《む》いている間にも、巨大な花火はいくつも打ち上がる。

事情を知らない賓客たちは、手放しで褒め称《たた》えている。

「これはすごい！　このような見事な花火は見たことがない」

「トルキア王国には、ずいぶんと腕のいい魔術士がいるようですな」

覚えのない賞賛を受けて、王はしどろもどろだ。

リュウキの手の中で、空のワイングラスがギシリと鳴いた。

——その夜。

リュウキはベッドに仰向《あおむ》けになったまま、天蓋を見上げていた。

あの花火。色とりどりに咲く大輪の魔術の花が、目に焼き付いている。傍目《はため》にも分かった。あれはそこいらの魔術士ができる芸当ではない。それこそ、特別な権能を付与された異世界人でもない限り。

まさか、と呻《うめ》く。

(まさか、あいつがやったのか？ あれだけの魔術が使えることを隠していた？ いや、『女神の慧眼《けいがん》』は確かに白紙だった。一体どういうことだ)

腹の底で、得体の知れない焦《あせ》りが渦巻く。

(……英雄は一人でいい。オレ以外はいらねぇ。オレが勝者だ、ただ一人の勝者だ。——この世界でまで、同じ事を繰り返してたまるか……——)

リュウキはベッドを下りると王宮を出た。石畳の道をずかずかと進む。

当直の兵士から報告を受けたのだろう、グレン将軍が慌てて追ってくる。

「リュウキさま、どちらへ」

「後宮だ」

「しかし、ディアナ殿下の許可が」

「ああ？　なんでいちいちあいつの許可がいるんだよ。オレは勇者だぞ」

「第一、後宮はロクさまにお譲りになったはず。なぜ今になって」

「譲ったんじゃねぇ、下げ渡したんだ。元は勇者であるオレのもんだろ」

後宮の門の前に立った。中はしんと静まりかえっている。

門番に一言「通せ」と命じる。

「し、しかし」

「オレは勇者だ、てめェらの世界を救う英雄だぞ。通せ」

その時、扉の向こうからたおやかな声がした。

「何の騒ぎでしょうか」

「マノンさま！」

兵士が扉を開く。

リュウキは言葉を失った。

カンテラが放つ淡い明かりの中、すみれ色の瞳をした少女が立っていた。女神と見紛《みまが》うような美しさだ。さらにその後ろには、ドレス姿の少女たちがずらりと居並んでいる。誰も彼も美しく、とりわけ赤い瞳をした少女などは、とびきり可憐《かれん》だった。

——ハーレム。まさにそんな表現がぴったりだ。

リュウキは口を歪《ゆが》めて嗤《わら》った。

「女狐《ディアナ》め、何が掃きだめだ。まあまあ上玉が揃《そろ》ってんじゃねーか」

先頭の少女が、将軍に目を向ける。

「グレン将軍。この方は？」

「異世界より遣わされた勇者、カタギリリュウキさまにございます」

「あら、それはそれは」

少女はすみれ色の目を細める。

リュウキは腰に手を当てて顎をしゃくった。

「あいつに用がある。そこをどけ。中に入れろ」

少女はにこにこと朗らかな笑みを浮かべ、

「どうぞお引き取りを」

「……は？」

一瞬、何を言われたのか理解できなかった。

喉の奥で唸《うな》る。

「聞こえなかったのか。ここを通せ。あいつに会わせろ」

脅しに似た威嚇に、しかし少女は一歩も退《ひ》かなかった。

「ロクさまに何の御用かは存じませんが、ここは後宮。男子禁制の女の園。門をくぐることができるのは主《あるじ》のみ。そして私たちの主は、カヅノロクさまをおいて他におりません」

ああ？　という呻きが、こみ上げる怒りと共に歯の間から押し出される。

「誰に向かって口きいてんだ。オレは勇者だぞ？　お前たちの世界を救う勇者だぞ？　勇者がいなけりゃ、魔王ってやつは倒せないいんだろ？　世界が終わるんだろ？　そうなってもいいのか？」

「なればこそ」

凛《りん》と声を上げたのは、赤い瞳の少女だった。震えながらも毅然《きぜん》とリュウキを睨《にら》みつける。

「なればこそ、命を捧《ささ》げるべき御方《おかた》は自分で選びます。どうぞお帰りください。ここは、ロクさまの後宮です」

「て、めっ……！」

頭にカッと血が上る。極大魔術のひとつでも見せて黙らせてやる。リュウキは少女たちの頭上に向けて手をかざし――

すみれ色の瞳をした少女が、にこやかに小首を傾《かし》げる。

「ここはかつての神殿。主と定められた殿方以外が手出しをすれば、神罰により雷霆《らいてい》が降り注ぎ、一瞬で見るも無惨《むざん》な、それはもうぐっちゃぐちゃのずだ袋になるという言い伝えがございます。身を以《もっ》てお試しになりたいというのでしたら、どうぞご自由に」

「…………」

リュウキが固まっている間に、すみれ色の瞳をした少女が鋭く兵士に命じた。

「扉を閉めなさい」

門番が慌てて従う。

閉じられた扉の前で、リュウキはようやく「は……？」と声を絞り出した。拒絶されたのだという事実が、ようやく染《し》みこんでくる。

（また――また、なのか？）

視界が白く染まった。煮えたぎる憤怒《ふんぬ》が、臓腑《ぞうふ》を灼《や》く。

（オレは、この世界でも……――）

「ふ、ざ、けるな……ッ！　オレを、このオレを誰だと思ってやがる！」

「リュウキさま！」

魔術を放とうとかざした手を、将軍が押さえる。

「なりません。後宮に手を出せば、神罰によってぐっちゃぐちゃのずだ袋に」

「…………」

「ここは私に免じてお怒りをお収めください」

「……チッ！」

リュウキはきびすを返し、王宮へ帰った。

行き場のない怒りが、腹の底でぐらぐらと煮え立つ。

なぜ自分が追い返されなければならない。なぜあんな目で睨まれなければならない。

「くそ、くそ、くそっ……！」

ふざけるな、掃きだめの女どもが。役立たずの無能が。見ていろ、今に吠《ほ》え面《づら》かかせてやる。オレに逆らったことを泣き叫んで後悔しろ。

リュウキは獰猛《どうもう》な呻きとともに、こみ上げる屈辱を噛《か》みつぶした。

◆　◆　◆

門の前の気配が去ったのを確かめて、マノンはほうと息を吐いた。

「ご苦労さま。助かりました」

マノン付きの侍女が、無言で頭を下げる。以前からマノンは密《ひそ》かに王宮にパイプを作り、情報網を張っていた。侍女がいち早く報告してくれたおかげで、後手に回らずに済んだ。

「ロクさまは？」

マノンの問いに、リゼが答える。

「マノンさまのお言いつけどおり、ティティさまが気を引いてくださっています」

「よかった。主さまのお心を煩わせないのも、私たちの大切なお役目ですからね」

それにしても、ともう一人の勇者の粗暴さを思い出す。——本当に、後宮にいらしたのがあの御方《ロクさま》で良かった。

と、リゼが興奮した様子で口を開いた。

「あ、あの、私、不勉強で、初めて聞きましたっ！」

「？　なんです？」

「後宮に手を出すと、神罰が下って、しっちゃかめっちゃかな麦袋になるって！」

マノンはふふっと喉を鳴らして笑うと、片目をつむった。

「ちょっとした嘘《うそ》も、淑女のたしなみです」

第三章　故郷への旅路

大陸樹を祀《まつ》る銀果宮《アステル・パレス》、その一角。

箱に収められた神器を見下ろしながら、リュウキはいらいらと呻いた。

「鹿角勒《かづのろく》……っ」

忌々《いまいま》しい名を噛み潰す。一晩経《た》っても怒りが収まらない。魔術もスキルも使えない役立たずのくせに。なぜオレが追い返されなければならない。ただ一人の勇者だぞ。

美しい宝玉が埋め込まれた剣。その柄《つか》に手を伸ばす。

しかし、激しい火花と共に手が弾《はじ》かれた。

「くッ……！　くそ……！」

自分を拒む剣が、自分を撥《は》ね付けた少女たちの姿と重なる。

オレは最強だぞ、勇者だぞ。何が気に入らない。何が足りないというのだ。

歯がみしていると、神官が入ってきた。リュウキの前に跪《ひざまず》く。

「リュウキさま。大陸史学のお時間です」

「そんなもん必要ねぇ」

「しかし、旅に出る前に、一通りの知識をお修めいただきたく……」

「それより、仲間《パーティーメンバー》は揃わねぇのか。神器を手に入れるためにはレベルを上げなきゃなんねぇんだろ。大陸の平和がかかってんだろうが？　なんで集まらねぇんだよ、無能が」

「それが……リュウキさまが、宮廷魔術士たちを全員クビになさったことが広まり……さらに、パーティーメンバー候補として集めた手練《てだ》れの冒険者たちを追い返されたため、他の冒険者が恐れをなし……」

「はァ？」

あんなへぼい花火を打ち上げる無能が悪い。集められた冒険者とやらだって、極大魔術のひとつも使えなかったではないか。

「なら、仲間なんかいらねぇから、魔族とやらを狩りに行かせろ。いるんだろ、近くに」

「恐れながら、北方に巣食う『暴虐のカリオドス』は強敵。いかなリュウキさまとて、お一人では……。まずは仲間をお集めいただき、神器を手に入れていただきたく……」

「ふざけるな！」

咆哮《ほうこう》と共に極大魔術を放つ。

「何が神器だ、何が仲間だ！　充分だろ、このオレの力さえあれば！　違うか！」

石床は無惨に砕け、深い穴が穿《うが》たれている。神官はほうほうの体で逃げていった。

いつの間に来ていたのだろう、王女が気遣わしげに声を掛ける。

「リュウキさま、そう焦《あせ》らずとも」

「うるせぇ！」

そう吠えて、再び神器に手を伸ばした。やはり激しい電流と共に拒絶される。

「ぐ……っ！　くそォ……っ！」

昨夜見た鮮やかな花火と、自分を睨む少女たちの瞳が、瞼《まぶた》の裏に焼き付いている。

煮えたぎるような屈辱と焦燥に、リュウキはぎりぎりと奥歯を鳴らした。

◆　◆　◆

後宮にきて四日目の朝。

早くも悩みが発生していた。

「…………」

下半身にまとわりつく違和感から目を逸《そ》らしつつ、俺はじっと天井を見つめた。

勇者のために用意された部屋、『金獅子《きんじし》の間』。昨日まで泊まっていた空き部屋も充分豪華だったのだが、さらにグレードアップしている。繊細な刺繍《ししゅう》が施されたソファに、一目で高級と分かる目の細かい絨毯《じゅうたん》。豪奢《ごうしゃ》な調度品の数々。天蓋の付いたベッドはやたらと広く、十人はいっぺんに眠れそうだ。

その、ベッドの中。

そっと布団《ふとん》をめくる。

腰に、細い腕が巻き付いていた。ティティだ。俺の腰に頰を寄せ、安心しきった顔ですーすーと寝息を立てている。

ティティ、と名前を呼ぶと、ティティはくしくしと目を擦《こす》りながら笑った。

「んぅ。おはよぉ、ロクちゃん」

「おはよう」

俺が寝ている間に潜り込んだらしい。素足に青い寝間着がひらひらとまとわりついて、熱帯魚みたいだ。

「自分の部屋に戻ったかと思ってたんだが」

「だって、ロクちゃんと一緒に寝るの、気持ちいーんだもん」

細い腕で俺に抱きついて、ごろごろと喉を鳴らす。

俺は苦笑しながら身を起こした。

「ええ～、起きるの～？」

「起きるよ」

「もっと寝てようよー」

魅力的なお誘いだが、俺はその頭を撫《な》でながら笑った。

「ほら、早く部屋に戻って着替えないと」

ティティは「んー」と俺の腰にぐりぐりと顔を押しつけて名残惜しそうにしている。

「そういえば、昨夜の騒ぎ、何だったんだろうな」

宴《うたげ》が終わった深夜、門の方が騒がしくて見に行こうとしたのだが、なぜかティティがボードゲームを抱えて「勝負だー！」と押しかけてきたのでうやむやになってしまった。

「えー、なんだろ？　知らないよ～」

ティティはあくびをしながらベッドから下りると、

「今日の魔術講座も楽しみにしてるね、ロクちゃんせんせっ！　ちゃお！」

とキュートな投げキッスを飛ばし、元気に出て行った。

窓を開けて、澄んだ空気を吸い込む。目を閉じると、昨夜俺を受け入れてくれた少女たちの笑顔が蘇《よみがえ》った。一日でも早く、この後宮に馴染《なじ》みたい。そして彼女たちのために俺にできることがあるのなら、力を尽くしたい。

身支度をして部屋を出る。眠気覚ましの、朝の散歩だ。それに、早く後宮の間取りを覚えなければ。なんたって街ひとつ分くらいの大きさがあるのだ。

回廊に出ると、まだ早いのに、既にそこかしこで宮女たちが忙しく立ち働いていた。

「あっ、ロクさま！」

「ロクさまー、おはようございます！」

宮女たちが嬉《うれ》しそうに手を振ってくれる。昨夜、みんながあまりにも丁寧に傅《かしず》くので、「気軽に接してくれたら嬉しい」とお願いしてから、フランクに接してくれるようになった。大変ありがたい。

……それにしても、本当に女の子ばかりだ。俺、この中で生活するのか。

と、中庭に小さな人影があった。小柄な少女だ。繊細な刺繍が施された、風変わりな服を着ている。宮女や侍女という雰囲気ではない。昨日の魔術講座でも見かけなかった気がするが……

「おはよう」

声を掛けると、少女が振り返った。

朝陽《あさひ》に透ける細い銀髪に、色素の薄い金色の瞳。肌はきめ細かくて陶器人形《ビスクドール》のようだ。

俺は中庭に降りて、少女の隣に立った。

「ええと、名前は……」

「……サーニャ」

透き通るような声だった。まだあどけなさが残る顔には、しかし表情らしい表情が見当たらない。どこかミステリアスな雰囲気だ、他の姫たちとは毛色が違う。

「サーニャ。こんなところで、どうしたんだ？」

尋ねてから、ふと気付く。

両手に何か乗せている。ぽわぽわした小さな塊——鳥の雛《ひな》だ。

傍《そば》の木を見上げる。

枝に掛かった巣から、ぴいぴいとかすかな声が聞こえてくる。梢《こずえ》では、親鳥だろう、小さな鳥が心配そうに俺たちを見下ろしている。

「巣から落ちたんだな」

「…………」

心細げに鳴く雛を、サーニャはじっと見つめている。

「家族のところに帰してやりたいな」

そう呟《つぶや》くと、サーニャは俺を見上げて、小さく、けれど確かに頷《うなず》いた。

とはいえ、巣の掛かっている枝は細く、下手に登れば折れてしまいそうだ。

サーニャの魔力を視《み》てみる。量も多いし、流れも均一だ。不思議な色の魔力で、属性は判別できないが、かなり安定している。

「魔術、使ってみるか」

サーニャが頷く。

俺はその隣にしゃがむと、魔力回路に目をこらした。

「ゆっくり、深く呼吸して。俺が合図したら、『浮遊《フロート》』って唱えるんだ」

『浮遊』は物を浮かせる魔術だ。

サーニャが言われたとおりに深い呼吸を繰り返す。魔力回路が輝き始めた。

「よし、いいぞ。唱えて」

「『浮遊』」

サーニャが呟く。

雛の身体《からだ》が、ふわりと浮かんだ。

「よし。そのまま、巣までゆっくり運ぶんだ」

雛はふわふわと空中を漂い——やがて、ぽすりと巣におさまった。

無事に戻った雛に、親鳥が一目散に駆けつける。嬉しそうな囀《さえず》りが響いた。

俺は思わず、サーニャの頭を撫でた。

「やった！　すごいな、サーニャ！」

「…………」

サーニャは俺を見上げて、なにやら驚いているようだ。ガラス玉のような瞳が、ほんの少し見開かれている。初めて使った魔術に驚いているというよりは、もっと別の——

その時。

「見つけました、サーニャさま！　お召し替えを！　ロクさま、失礼いたします！」

侍女が駆けつけたかと思うと、あっという間にサーニャは連れ去られてしまった。

「……サーニャか」

なんだか気になる子だった。

廊下に戻って、散歩を続ける。

厨房《ちゅうぼう》の方から、何やら賑《にぎ》やかな気配がした。覗《のぞ》き込むと、商人らしき女性たちが敷布の上に食材を並べていた。スパイスの香りが寝起きの脳を刺激する。

「おはよう」

「ろ、ロクさま！」

厨房番《キッチンメイド》たちが慌てて居住まいを正そうとするのを、「そのままでいいよ」と止める。

「はい。毎月決められた日に、許可を得た商人がくるのです」

商人も女性ばかりだ。さすが後宮、徹底されている。

商人の前には、かごに盛られた野菜が並んでいる。キャベツに豆、人参《にんじん》、玉ねぎ……中には見慣れない野菜もあるが、基本的には前世とあまり変わらないらしい。

「産地ごとに見本を並べてあるんです。できるだけ新鮮で栄養価の高いものがいいのですが……う－ん」

厨房番の少女は、真剣な顔でキャベツを見比べている。

俺はふと、野菜にもうっすらと魔力回路が通っていることに気付いた。そうか、植物にも魔力があるんだな。

「これと、これが良さそうな気がする」

「！　ロクさま、分かるのですか？」

特に魔力が強いものを指さすと、商人が「ほう」と目を丸くした。

「これはたいした目利《めき》きでいらっしゃる。ちょっと形は悪いですが、この畑は土壌がよく、野菜の味が濃いと評判なんですよ」

「す、すごいです、ロクさま！」

どうやら商談はまとまったらしい。俺は厨房番の少女たちに手を振って別れた。

廊下を歩きながら考える。食べ物は身体を作る。ということはもしかして、魔力を豊富に含んだ食べ物を摂《と》れば、魔力の巡りが良くなるのではないか？

そんなことを考えながら部屋の前に着くと、声が掛かった。

「ロクさま、おはようございます」

「おはよう、リゼ」

リゼはにこりと笑うと、スカートをつまんでお辞儀した。相変わらず天使みたいに可愛《かわい》い。ピンクのシフォンドレスがふんわりと広がって、後宮に花が咲いたようだ。

「まもなく『一角獣の間』にて、お目通りの儀があります。ご案内いたしますね」

「ありがとう」

勇者には専属の侍女や秘書がつくのが習わしらしいのだが、落ち着かなそうで断った。

すると、代わりにリゼがお世話係として手を挙げてくれたのだ。それも悪い気がしたが、

「私がそうしたいのです！」と目をきらきらさせるので、お言葉に甘えることにした。

リゼと並んで、中庭に面した回廊を歩く。

「まあ、ロク先生よ！」

「おはようございます！　昨夜はよくお休みになられましたか？」

「先生、今日の魔術講座は何時からですかっ？　わたし、新しい魔術に挑戦したくて、いっぱいお勉強して来ました！」

ドレス姿の少女たちが声を掛けてくれる。みんな表情が明るい。香水なのか花なのか石けんなのか、いいにおいが鼻腔《びこう》をくすぐる。誰も彼もきらびやかで、きらきらと光の粒子が舞っているみたいだ。

何だろう、昨日までは荘厳《そうごん》さと静謐《せいひつ》さの印象が強かったのだが、少し雰囲気が違う。なんとなく、空気が華やいだというか……

「なんか、変わった？」

そう問うと、リゼは親愛と憧れの籠もった瞳で俺を見つめて、嬉しそうに笑った。

「だって、ずっとずっと待ち焦がれていた、私たちの主《あるじ》さまが――こんなにも素晴らしい主さまがいらっしゃったのですもの！」

溢《あふ》れる喜びを堪《こら》えきれないように、俺の手を取って引っ張る。

俺は笑って、大きく足を踏み出した。

「続いて、アンブロージャ子爵令嬢、ナターシャ姫がご入室です」

「お次は、グリース男爵令嬢、マリニア姫」

「ベル・アルト姫」

「グロリア・ルーデンス姫」

美しく着飾った姫たちが、代わる代わる現れる。さながら美女の回転寿司《ずし》だ。目の保養が過ぎてしぱしぱする。なにしろ大陸中から集められた姫だけで五十人近くいるらしい。侍女や宮女を含めると四百人に上るとか。

「パビリオ男爵令嬢、コーデリア姫」

「シルヴィア・ココット姫」

「マイノール伯爵令嬢、プリシラ姫……」

入れ替わり現れる少女たちの名前を、リゼが読み上げる。後宮の少女たちは、身分に拘《かか》わらず『姫』と呼ぶのが慣習らしい。神話の神姫《じんき》になぞらえているのだろう。

それぞれの自己紹介を受け、軽い雑談を交わす。緊張でがちがちになっている子もいれば、場慣れしている子、なぜか最初から好感度ＭＡＸな子もいたりして面白い。

目通りの儀が一段落したのは、昼を大分回った頃だった。

「ううーん……」

それぞれの顔を思い出しながら、必死で取ったメモを読み返す。マノンには、全員の顔と名前を一致させるのは追々で良いとは言われているのだが、一日も早く覚えたい。

……あれ。そういえばサーニャが来なかったな。名簿には載っているので、後宮の姫であることに間違いはないようなのだが……不思議な空気を纏《まと》った子だった。今度、詳しく話を聞いてみたい。

自分の悪筆とにらめっこしていると、マノンがお茶を運んできてくれた。

「お疲れさまです。気になる姫はいらっしゃいましたか？」

「あ、うん。コーデリアっていう子が、ちょっと魔力が不安定かな。あとフェリスっていう子が、魔力回路が細くて心配――……」

ふと、マノンがくすくすと笑っていることに気付く。

ん？　と顔を上げると、すみれ色の瞳がいたずらっぽく俺を見つめた。

「お忘れのようですが、ここは後宮。ロクさまのためのハーレムなのです。魔術教官として彼女たちの魔力を気に掛けるのも、もちろん素晴らしいことですが、可憐《かれん》な姫たちが、みなロクさまのために美を競っていること、どうぞお忘れなく」

「……恐縮です」

俺は反応に困った末に、曖昧に笑いつつカップを口に運び――

「もちろん後宮の主として、全員を平等に愛でられてもよいのですよ？」

「ぶっ」

香り高い紅茶がまともに気管に入って、俺はしばらく噎《む》せたのだった。


少し遅めの昼食を挟んで、午後からは後宮内にある書庫に籠もった。

広いし蔵書の数も半端《はんぱ》ではない。姫たちの教養のため、様々な本を揃《そろ》えているらしい。

目についたものを抜いて机の上に積み上げる。あっという間に本の山ができあがった。

何しろ覚えなくてはならないことがたくさんある。俺が勇者としての地位を確立できれば、後宮の、ひいては後宮に詰める姫たちの待遇も良くなるだろう。そのためには魔術や魔物の知識はもちろん、知らない土地で暮らす以上、歴史や文化の勉強は必須だし……

それと並行して、固有スキル『魔力錬成』についても調べようとしたが、めぼしい文献は見当たらなかった。

「ほんと、何なんだろうな、このスキル」

手のひらを見て力を込める。白銀の模様が浮き出た。一応、魔力はあるようだ。が、

「『浮魔球《スペル・ボール》』」

ためしに呪文を唱えてみても、うんともすんとも言わない。

「うーん、だめか」

いくら魔力があっても、魔術が使えないのではしょうがない。これでは神器に選ばれる以前の話だ。

やっぱり、今から魔術を身につけるのは難しいのだろうか。他に魔力の使い道は――

ふと、花瓶に活《い》けられた花が目に入った。少ししおれかけている。魔力はかろうじて残っているが、今にも消えてしまいそうだ。

「…………」

しなびた葉にそっと触れた。

指先に意識を集中する。白銀の魔力が身体《からだ》を巡り、葉に流れ込んでいく。やがて花が淡く輝きはじめたかと思うと、みるみる蘇《よみがえ》った。

「おお」

さっきまでしおれかけていた花は、葉の先に至るまで瑞々《みずみず》しく生気が漲《みなぎ》っていた。

これも魔力錬成スキルの力だろうか。今のところ分かっているのは、魔力を視《み》ることができ、さらに自分の魔力を他者に譲渡することもできる、と。

……が、攻撃手段がないという現状は変わらない。

勇者の資格を得るには、神器に認められなければならない。王女曰《いわ》く、そのためにはレベルアップが必要らしい。

となると、せめて何かしらの武器を手に入れないことには、戦う術《すべ》がない。

「どこかで武器を調達するか……でも、剣なんて持ったこともないしなぁ」

腕を組みつつ、壁に寄りかかる――はずが、壁の感触がすかっと消えた。

「うわ!?」

盛大にすっ転ぶ。

壁が抜けた!?　俺は仰天しながらあたりを見回し――

「あれ？」

そこは、冷たい石造りの空間だった。広くてがらんとしている。天井がやけに高い。

所々に、崩れた銅像のようなものが積み上がっていた。

「ここは……」

「なるほど。精霊たちが妙に騒いでいると思えば、面白い客が来たものじゃのう」

声がした方を振り仰ぐ。

積み上がった銅像のてっぺんに、小柄な少女が座っていた。

「君は」

まっすぐに伸びた濡《ぬ》れ羽色《ばいろ》の髪に、夜を紡《つむ》いで編んだような漆黒のドレス。深いアメジスト色の瞳が淡い闇に光る。笑みの形に刻まれた可憐な唇から、小さな牙が覗《のぞ》いていた。

初めて会ったはずなのに、不思議な懐《なつ》かしさが胸の奥でざわめく。

「どこかで会ったことないか？」

「さあて、どうだったかのう」

少女は艶然《えんぜん》と笑って、銅像の山から飛び降りた。

「ここは王宮の地下じゃ」

「確か、後宮の書庫にいたはずなんだけど」

「王城、特にあの後宮は神話が色濃く残る場所。そういうこともあろうよ」

少女はスタスタとやってくると、赤く艶めく爪で俺の胸をトンと突いた。

「あの花火、なかなかおもしろかったぞ」

「あ、ああ。リゼたち——みんなが、力を合わせてがんばってくれて」

「うむうむ。魔術とはそれでこそよ。昔は魔術士同士、手を取り合ってド派手な魔術をぶち上げたものじゃわい。昨今の魔術士ときたら、魔力の使い方がてんでなっておらん。全く、無用なプライドばかり肥え太らせおって。——その点、お前さんは見所がある」

少女は赤い唇でにやりと俺に笑いかけると、棒のようなものを投げて寄越《よこ》した。

「お前さんに、こいつをくれてやる」

「うおっ！」

慌てて受け取ると、それは剣だった。ずしりと重い。

抜いてみる。刀身はさびに覆われていた。刃も欠けている。

「これは……」

かなり古そうだ。こんなさびだらけで斬れるのだろうか？

そう思っていると、俺の心を読んだように、少女がふんぞり返った。

「そやつをそんじょそこらのなまくらと一緒にするでない。剣とは刀身で斬るのではない、己《おの》が魔力で斬るものじゃ」

「魔力で？」

古ぼけた剣を観察する。ひどく重いが、不思議と手にしっくりくる。よく見ると、柄《つか》に白い石がはめ込まれていた。くすんでいる。袖で拭いてみるが、輝きは戻らない。

「ちょうどいい、ほれ」

白くほっそりとした手が天井を指さした。

ぎょっと目を剝《む》く。

そこには、子牛ほどもある巨大なコウモリがぶら下がっていた。目は赤く光り、全身に黒い霞《かすみ》をまとわせている。

コウモリが口を開く。金属を引っ掻《か》くような叫びと共に、黒い雷撃が放たれた。

『ギイイイイッ！』

「うわっ！」

間一髪で飛びすさる。それまで立っていた地面を、黒い火花が穿《うが》った。

「今のは……」

『ギィィィィイイ！』

息を整える暇もなく、コウモリが翼を広げて襲いかかってきた。

慌てて剣を構え、刀身を横薙《よこな》ぎにぶち当てる。コウモリが吹っ飛び、地面に叩《たた》き付けられた。が――

『ギギギギ……』

「！」

効いていない。コウモリは黒い翼を震わせながらこちらを睨《にら》んでいる。

少女が絹のような髪を揺らして首を振った。

「やれやれ。言ったじゃろう、魔力で斬ると」

「魔力……」

柄を握る手に力を込める。白銀に脈打つ光が、剣に流れ込んだ。

「！」

凄《すさ》まじい勢いで魔力が吸い上げられるのを感じると同時、刀身が輝きを帯びた。

『ギギィ！』

コウモリが一直線に突っ込んでくる。間合いに入る瞬間、剣を振り抜いた。

刀身が眩《まばゆ》い光帯となって空を斬り、音もなくコウモリを両断する。

『ギ……』

「き、斬れた」

野球のバットを振る要領で振り回しただけだが、何とかなった。それにしても、手応えさえなかった。すごい斬れ味だ。

コウモリだったものが二つの黒い塊となって、床に落ちる。両断された骸《むくろ》は、黒い霧となって溶けた。

「消えた……」

コウモリが消えた後には、白い光がわだかまっていた。ふわりと浮き上がったかと思うと、剣の宝玉に吸い込まれていく。

「……少し、軽くなった……？」

柄にはめ込まれた宝玉が、わずかに輝きを取り戻したようにも見える。

「ほう！　まさか、問題児《そやつ》に魔力を吸われて平然と立っているとは！　やはりわしの超絶キュートな目に狂いはなかったわ！」

少女がぱちぱちと拍手している。アーモンド形の瞳を輝かせて、すごく嬉《うれ》しそうだ。

「この剣は」

「そうじゃな。『祝福の剣《アンベルジュ》』とでも呼ぶがいい」

少女は羽でも生えているかのようにひらりと跳躍して、銅像のてっぺんに立った。

「覚えておくことじゃ。魔力を制するものが、魔術《全て》を制する。真の魔力錬成こそが、世界を制する。さて、そのじゃじゃ馬、おぬしに使いこなせるかな？」

アメジストの双眸《そうぼう》が煌《きら》めく。

いたずらめいた笑顔が、白い霧に覆われ——

「あれ？」

気が付くと書庫にいた。

腰に、古ぼけた剣——アンベルジュが下がっている。

神器の代わりに、何やら不思議な剣が手に入った。

そして、次の日。

まだ太陽も昇っていない早朝。

熱い湯に浸《つ》かりながら、あくびをかみ殺す。

結局あの後、夜を徹して書庫にこもってしまった。アンベルジュのことも調べようとしたのだが、めぼしい文献は見つからなかった。

代わりに剣術の手引き書を発見して、夢中になって剣の型を練習し、気がついたら、夜が白みかけていた。

それにしても、本当に不思議な剣だ。重たいのに、振れば振るほど手に馴染《なじ》む。おかげで素振りに熱が入りすぎてしまった。魔力の消費が激しいが、幸いにも今のところこれといった問題はない。あの剣があれば、魔物に太刀打ちできそうだ。

白銀の魔力が通う手を眺めながら、不思議な少女のことを思い出す。一体何者だったのだろう。

「はー」

身体に溜《た》まった疲れが、乳白色のお湯に溶け出していく。随分立派な湯殿だ。これが勇者専用だというから驚かされる。……それにしたって広すぎる気がする。

頭からお湯を被《かぶ》って、眠気と疲れを洗い流す。だいぶさっぱりした。

タオルで頭を拭きながら、姫用の湯殿の前を通りかかる。

「ん？」

何やら物音がする。立ち止まっていると、中から子犬のアルルが出てきた。大きな布を引きずっている。

「アルル？　どうしたんだ？」

布を拾い上げる。ひらひらしたピンク色のそれは、寝間着のようだった。

「？　なんで……」

不思議に思っていると、中からひどく慌てたような声が聞こえてきた。

「アルル、どこにいったの？　だめよ、戻ってきて、アルル」

リゼの声だ。ぱたぱたとせわしない足音がして、リゼが飛び出してきて——

「リゼ⁉」

「ろ、ロクさま⁉」

リゼはタオル一枚をまとっただけの姿だった。

しっとりと濡れた亜麻色の髪に、白露のごとき水滴をまとわせた、滑らかな陶器のような肌。きわどくタオルに隠された胸は柔らかく盛り上がり、ほっそりとした腰へと魅惑的なカーブを描いている。剝き出しになった太ももは白く、微《かす》かに上気した頰と芸術のような対比を成していて――

「ひゃああ⁉　もももも、申し訳ございませんーっ！」

「い、いや、こちらこそーっ⁉」

リゼは真っ赤になって、背中を向けてしゃがみこんだ。

俺も慌てて目を逸《そ》らそうとし――異様な光景に気付く。

リゼの背中に、黒いアザが張り付いていた。背中から蔦《つた》のように伸び、上腕の裏にまで絡《から》みついている。白い肌に刻まれたそれは、あまりにも異質で――

リゼがハッと振り向いた。タオルで身体《からだ》を隠しながら、蚊の鳴くような声で尋ねる。

「ご覧に、なりましたか……？」

嘘《うそ》をつくわけにもいかない。俺は頷《うなず》いた。

リゼはうつむき、呟《つぶや》く。

「……これは、呪いのアザなんです」

「呪い？」

リゼは小さく頷くと、床に向かって手をかざした。リゼの魔力回路が不穏にざわめき

――床にバチッ！　と、黒い雷撃が弾《はじ》ける。

「……これは、地下で見た魔物《コウモリ》と同じ……」

「あの日から私が手に入れた力……黒く、おぞましい、魔族の呪いと呼ばれた力です」

リゼの肩が震えている。このままでは風邪を引いてしまう。ひとまず服を着るよう促し、リゼの部屋に移動した。

並んで座ったベッドの上。アルルを撫《な》でながら、リゼはぽつぽつと語り始めた。


リゼ——リーズロッテは、ベイフォルン子爵家の長女として生をうけた。

子爵家の土地は豊かではなかったが、養蚕業が盛んで、絹の産地として有名だった。父アイゼン・ベイフォルンは領民に慕われ、三人の兄もまた、子爵家の誇りと慈愛の心を引き継いでいた。

母は年子の妹シャロットを産んでから病みつき、まもなく亡《な》くなったが、リゼは家族や使用人たちの愛を一身に受けて育った。

ひとつ下のシャロットを、リゼはとても可愛《かわい》がった。シャロットは炎魔球《ファイア・ボール》の魔術が大好きで、リゼが見せてやると、小さな手を叩いて喜んでくれた。

「リゼねえさまのまじゅつ、とってもきれい！」

可愛い八重歯を見せて笑う顔を、今でも覚えている。

その事件が起きたのは、リゼが八歳、シャロットが七歳の時だった。二人が突如として行方不明になったのだ。邸宅の裏、よく親しんだ森で遊んでいた時の出来事だった。使用人が目を離したのは、ほんの数分。その間に、幼い姉妹は姿を消してしまった。

手がかりも目撃者もなく、魔族に攫《さら》われたのではないかという噂《うわさ》がまことしやかに流れ始めたある日。リゼだけが戻ってきた。シャロットのリボンを握りしめて、森の入り口にぽつんと佇《たたず》んでいたという。

失踪していた間のことを何度も尋ねられたが、幼いリゼは「わからない」と首を振ることしかできなかった。あの日からの記憶はすっぽりと抜け落ちていた。そして特筆すべきはその姿――はしばみ色だった瞳は赤く変じ、背中には黒いアザが刻まれていた。それだけではない。リゼが発動する魔術は、黒く禍々《まがまが》しいものへと変貌していたのだ。

いつしか口さがない噂が、貴族たちの口に膾炙《かいしゃ》されるようになっていた。

「見たか、あの血のような赤い瞳。それに、おぞましい魔術。まるで魔族じゃないか」

「あの禍々しいアザを見ろ。あれは悪魔の取り替え子だ。ベイフォルン家には近づくな」

シャロットだけが戻らなかったその日以来、愛情深かった父親は、リゼに冷たく当たるようになった。リゼは屋敷に閉じ込め、誰の目にも触れさせせようとしなかった。

ある日、リゼは客間の前を通りかかった。中からは、父と貴族の会話が聞こえてきた。

「シャロットさまは、まだお戻りにならないとか……リゼさまのこともご心配でしょう。ご自慢のご令嬢でしたのに」

好奇心を隠さずそう尋ねる貴族に、父は低く、だがはっきりとした声で答えたのだ。

「リゼは――あれは、私の娘などではない」

リゼはその時、自分の居場所が、もう世界のどこにもないことを知った。自室に駆け戻り、ベッドに伏せて嗚咽《おえつ》をかみ殺した。

(私は妹を守ることができなかった。妹がきれいだといってくれた魔術も失ってしまった。自分は悪魔だ、悪魔の子なのだ)

せめて妹を捜しに行きたかった。可愛いシャロット。あの子の代わりに私がいなくなれば良かったと、何度思ったことか。

兄や使用人たちはリゼを気遣ってくれ、リゼも心配をかけないよう明るく振る舞っていたが、ある日、父から告げられた。

「王城に祝福の実が生《な》った。後宮に入れ。そして、二度と戻ってくるな」

「……はい」

王都に向かう馬車の中で、リゼは泣いた。そして、涙を流すのはこれっきりにしようと決めた。

中央に行けば、妹の手がかりが見つかるかもしれない。勇者の傍《そば》にいれば、魔族の情報も入ってくる、冒険に連れて行ってもらえるかもしれない。そうすればきっと、妹を捜し出すことができる——

「…………」

話し終わると、リゼは寝間着の肩をはだけた。亀裂のように走る黒いアザをなぞる。

「この身体には、魔族の力が宿っています。私の魔力は呪われているのです」

——そうか。だから炎魔球を使ったあの日……

俺はようやく、リゼがあの日流した涙のわけを知った。リゼは、幼い妹を守れなかった罪を、どこにも身の置き場のない孤独を、この細い身体にずっと抱えてきたのだ。

「……辛《つら》かったな」

「いいえ。私の苦しみなんて。まだこの世界のどこかで泣いているかもしれないシャロットのことを思うと……」

うつむくリゼの頬を、アルルが心配そうに舐《な》める。

思い詰めたような横顔に、胸が痛んだ。突然見知らぬ世界に迷い込んだ俺に、リゼは心から親身に寄り添ってくれた。伸びやかで愛に溢《あふ》れた少女。人を包み込むような優しさと思慮深さの裏に、こんな危うい脆《もろ》さを抱えていたなんて。

俺に何か、できることはないだろうか。

意を決して、口を開く。

「リゼ。試したいことがあるんだ」

「え？」

その手を握り、暁色の双眸《そうぼう》を覗《のぞ》き込む。

「俺を受け入れてくれるか」

リゼは目を見開き——頬を染め、消え入るような声で、けれど確かに答えた。

「はい。受け入れます、ロクさまの全てを」

頷いて、身を乗り出す。ベッドがぎしりと軋《きし》んで、リゼがびくっと肩をはね上げた。

「ろ、ロクさま……あの、私、は、はじめて、で……優しく、して、ください……」

「もちろん。痛かったり、苦しかったりしたら、すぐに言ってほしい」

リゼが「はい」と震えるまぶたを閉じる。

しかし、リゼの緊張を表すように、魔力回路がぎゅわんぎゅわんと猛《たけ》り狂っていた。

「ええと、もうちょっと力抜けるか？」

「は、はいっ！」

「あんまり硬くなってると、魔力、移せないから」

「ははははいっ、そうですよねすみませ……ふぇ？　魔力？」

「うん」

これまで、リゼが本来の魔術を発動することができたのは、俺と触れ合った時だった。

それで思ったのだ。俺の魔力を注ぐことで、リゼの本来の魔力を活性化できないかと。

「ま、魔力を移すなんて、そんなことができるのですか？」

「植物ではうまくいったんだ。ただ、人に譲渡するのは初めてだから、何かあればすぐに言ってほしい」

「は、はいっ」

リゼは元気にそう返事したが、真っ赤になってうつむいた。

「そ、そうですよねっ、私ったら勘違いしちゃった、恥ずかしい……」

小声で何やら呟いている。よく分からないが、少しはリラックスできたらしい。

小さくて柔らかな手を取る。

意識を研ぎ澄ませ、黒く凍えている魔力回路に、ゆっくりと魔力を流し込む。

リゼが「ぁ……」と小さく目を見開いた。

「辛くないか？」

「は、はい。温かくて、心地いいです。これが、ロクさまの魔力なのですね」

そう言いながら、ぽーっと頬を染めている。

その魔力回路に目をこらしながら、慎重に注ぐ。白銀の輝きが脈を通り、リゼの全身へ巡っていく。やがてその肌に絡みついたアザが、微かに輝きを帯び始めた。

「あ……」

紙が燃えるように、端からちりちりと縮まり出す。うまくいきそうだ。

俺はさらに魔力を注ぎ込もうと、身を乗り出し――

「ろ、ロクさま、もう……あ、あの、なんだか、ふわふわ、して……」

か弱い声に顔を上げる。リゼが、まるで酔ったように頬を上気させていた。瞳はとろりととろけ、薄紅色の唇は淡く綻んでいて――

「ふぁぁ？」

くらぁっと傾《かし》いだ細い身体《からだ》を、慌てて支える。

「だ、大丈夫か⁉」

「は、はい、大丈夫、れひゅ」

そう言いつつふらふらしている。魔力酔いとでもいうのだろうか、どうやらリゼの容量をオーバーしてしまったようだ。

「ごめん、やりすぎた」

「いえ。ロクさまの魔力、とても温かくて、安心しました。本当なら、もっとして欲しかったくらいで」

リゼは俺の胸にもたれつつ、頬を染めて微笑《ほほえ》み——腕を見て、はっと声を上げる。

「アザが！」

ほんの一部だが、アザが薄くなっていた。

「ロクさま、これは……！」

「ああ」

思わず声が弾む。どうやらうまくいったようだ。俺の魔力は、相手が持つ本来の魔力を活性化させることができる。

このまま根気よく続ければ、黒い魔力を駆逐でき、アザも消えるかもしれない。

……けれど。

「ロクさま？」

白い肌に走る黒いアザを、そっと撫《な》でる。

リゼはびくりと身を硬くし、おそるおそる口を開いた。

「おそろしくは、ないのですか？」

確かに、最初は異質だと思った。けれどこれは、リゼが抱えてきた痛みそのものなのだ。

小さな頃から、この苦しみと共に生きてきたのだ。そう思えば、愛《いと》おしくすらあった。

「怖くないよ。これも、リゼの一部だろ」

労《いたわ》りを込めてアザをさすると、大きな瞳に涙が盛り上がった。

「だめですね。もう泣かないと決めたのに」

リゼは俺の胸に顔を埋《うず》めるようにしていたが、ふと、その手が持ち上がった。

しっとりと柔らかな感触が、俺の頬を包む。

涙に濡《ぬ》れた双眸が、俺を見つめた。

「ロクさま。もっと……もっと、触れてください。ロクさまになら、私……」

「リゼ？」

艶《あで》やかな表情に、心臓が跳ねる。

長いまつげを涙の粒が彩《いろど》っている。薄桃色の唇が、春を迎えた蕾《つぼみ》のように淡く綻び

――

「にゃ――――――――!?」

「リゼさま！　リゼさま！」

その時、慌ただしいノックの音が響いた。

リゼが真っ赤になって飛び上がる。

「にゃんです!?　どどどうしたのです!?」

現れたのは、リゼの侍女だった。

「故郷よりお手紙が！」

顔色から、どうやらただ事ではなさそうだ。

リゼは手紙に目を通し、小さく呟《つぶや》いた。

「兄からです。父が、病に倒れたと」

「！」

「今のところ、命に関わる病状ではないとのことですが……」

その顔は青ざめている。

俺は立ち上がった。

「故郷に帰る準備を。俺も一緒に行くよ」

「ロクさま」

戸惑うリゼの手を取る。冷たく凍えた指先を、そっと包み込んだ。

どんなに冷たく突き放されても、リゼが家族を、父親を愛していることは伝わってきた。心配しないはずがない。

見知らぬ異世界に召喚されて、城から追放されて、また追い出されるのだろうと、諦めることに慣れてしまっていた俺に、リゼはまるで息をするように手を差し伸べてくれた。

俺と後宮のみんなを繋《つな》いで、魔術教官という居場所をくれた。

「今俺がここに居るのは、リゼが助けてくれたからだ。今度は俺が、リゼを助ける番だ」

俺を映す瞳に、涙の膜が張る。

リゼは「ありがとうございます」と頭を下げた。

マノンに相談すると、即座に動いてくれた。

「すぐに馬車を手配させましょう。私も同行したいのですが、残念ながらお役に立てそうにありません。外の世界に慣れた者を連れて行かれるのがよろしいでしょう」

「それじゃあ、ティティに声を掛けようかな」

隊商に居たのなら旅に慣れているだろう。

広い敷地を捜すと、温室でぐったりしているティティを見つけた。侍女のスパルタ指導（刺繍《ししゅう》編）から、這々《ほうほう》の体で逃げて来たらしい。

「というわけでリゼの故郷に行くんだけど、良かったら同行してくれないか？　三食昼寝つきじゃなくて悪いんだけど」

「やったー！　ロクちゃんとお出かけだー！」

ティティは俺の手を取って自分の部屋に飛び込むと、早速旅の道具を引っ張り出した。

「ええと、地図でしょ。ナイフに糸と針、ロープと、あと毛布も要るなぁ」

「その石は何だ？」

「これは魔石《アーティファクト》。魔力を流すことで、明かりを点《つ》けたり、お湯を沸かしたりできるんだよ。で、これは光るチョーク。森とか洞窟に入るときに、迷子にならないように印をつけるの」

「へえ。じゃあ、その人形は？」

「これは魔形代《フェイクドール》。魔物に襲われた時、魔力を込めて投げて、おとり《ダミー》にするんだよ。魔物は人間の魔力が大好物だからね」

そんな便利な道具があるのか。

「ティティが居てくれて助かったよ」

「わぁい！　ロクちゃんの役に立てて嬉《うれ》しいっ！」

ティティは俺の腕に絡《から》みついてすりすりと頬を寄せていたが、「あっ！」と顔を上げた。

「あと、サーニャちゃんも誘うといいかも」

「サーニャ？」

中庭で雛《ひな》を拾った、ミステリアスな女の子のことだ。一体なぜ、と疑問に思っていると、ティティは片目をつむった。

「あの子、強いよ」

裏庭でサーニャを見つけた。噴水の縁に座り、素足を浸している。

「リゼの故郷に行くことになった。一緒に来て欲しい」

サーニャは俺を見上げて、ひとつ頷《うなず》いた。やはり不思議な子だ。一体どこから来て、どうして後宮に入ったのだろう。今度折を見て訊《き》いてみよう。

急ぎ荷物をまとめる。

そして、翌日の早朝。俺たちは広場に集合した。

身分を隠していち旅人を装《よそお》ったほうがいいだろうという判断で、ティティとサーニャは旅装に身を包んでいる。

「リゼは……」

「ロクさま」

現れたリゼは、軽装を身に纏《まと》っていた。今までドレスで隠されていたアザが露《あら》わになっている。

俺の視線に気付くと、リゼはアザが走る腕をそっと抱いた。

「私はこれまで、このアザを隠すことばかり考え、怯《おび》えながら過ごしていました。けれどロクさまが、これも私の一部だと……ありのままの私を、受け入れてくださったから」

ルビーのように煌《きら》めく双眸《そうぼう》が、俺を見つめる。ドレスとはずいぶん雰囲気が違う。白と赤を基調にした服は、リゼの優しい雰囲気を引き立てていて——俺は目を細めた。

「よく似合ってる。可愛《かわい》いよ」

リゼが嬉しそうに頬を赤らめてうつむく。その肩にアルルが飛び乗った。

馬車に荷物を積み込む。

俺は、見送りに出てくれたマノンに、昨夜急遽《きゅうきょ》作ったリストを手渡した。

「俺がいない間、みんなをお願いしていいかな」

後宮の姫たちの魔術について、一人一人の傾向と、対応した課題を書き出したものだ。

マノンは「まあ」と声を詰まらせていたが、胸に手を当てて「お任せください」と深々

んことを」

と頭を下げた。

「通行証を求められたら、この札をお見せください。皆さまの旅路に、神のご加護があらんことを」

マノンに礼を言って、通行証を受け取る。

後宮の姫たちもみんな、手を振って見送ってくれた。

「どうぞお気をつけて」

馬車に乗って、王城の門を出る。

王都を抜けると、進路を北東に取った。

リゼの故郷までは、馬車で七日。

御者台で手綱を握るティティの隣に座って、がたごとと街道を行く。

「こういう街道に、魔物が出ることはないのか？」

ふと湧いた疑問に、荷台からリゼが答える。

「ありますが、出るとしても、それほど強い魔物はいないかと」

「強い魔物は、ダンジョン？　に出るんだっけ」

「はい。大気中にはエーテルと瘴気《しょうき》が存在し、エーテルは精霊を、瘴気は魔物を生みます。瘴気の濃い場所ほど魔物は強くなり、魔物の巣はダンジョンと呼ばれます。そして魔物は、他の生き物を喰らい、魔力を取り込むことで、より強力な魔族となるのです」

本で読んだ通りだ。そういったダンジョンの核となっている魔物や魔族を冒険者が駆逐し、瘴気を散らすことで、平和を保っているらしい。

勇者になるためには、レベルアップは必須。そうなると、いずれダンジョンに赴く必要も出てくるだろう。

王都に近いだけあって、街道は多くの人で賑《にぎ》わい、旅人や商人たちが連なっている。

途中、前を歩く隊商からりんごを買った。壮年の男性を中心とした、十人ほどの大所帯だ。野菜の仕入れのため、西方に向かう途中だという。

「兄ちゃん、えらいべっぴんさんを侍《はべ》らせてるなぁ。みんな、まるでどこぞのお姫さまみたいじゃないか、うらやましいねぇ。一体どこへ行くんだい」

「北のベイフォルン領です」

「ベイフォルンか。あの辺りは、北方を支配する魔族『暴虐のカリオドス』の影響が強くなってきて、魔物が増えてる。特にここ十年はひどい。冒険者の手も届かなくて、手つかずのダンジョンも多いらしい、やめた方がいい」

リゼがうつむく。

商人は気付かず先を続ける。

「この辺りも、最近旅人が魔物に襲撃されてるから、油断は禁物なんだが――」

そのとき、前方で誰かが叫んだ。

「ゴブリンの群れだ！」

「！」

視線を横に走らせる。なだらかな丘陵に、黒い影が蠢《うごめ》いていた。その数、およそ二十体。

ティティが馬車を止める。リゼが周囲の人々に、「馬車の周囲にお集まりください！

身を低くして！」と声を掛けた。

「リゼ、ティティ、少しでも数を減らせるか」

「やってみます！」

俺は御者台から飛び降りた。剣を引き抜く。

(魔力で斬る、魔力で斬る……)

俺は謎の少女の言葉を思い出しながら柄《つか》を握った。刀身が白銀の光を帯び始める。

さあ、あれから多少は剣術の稽古を重ねたが、果たして通用するかどうか――

「『炎魔矢《ファイア・アロー》』！」

「『水魔矢《ウォーター・アロー》』！」

迫り来るゴブリンの群れを、馬車の上からリゼとティティが狙撃する。

『ギギィ⁉』

何体かがもんどり打って倒れた。魔矢《マジック・アロー》を逃れたゴブリンたちが馬車に殺到し——俺はその胴体めがけてアンベルジュを振り抜いた。白銀の刀身が、三匹をまとめて両断する。

旅人たちからわっと歓声が沸く。

「す、すごいです、ロクさま！」

返す刀でさらに二体を葬《ほうむ》る。コウモリを斬った時に比べて、明らかに身体《からだ》が軽い。

視界の端、数匹が離れたところからこちらをうかがっている。波状攻撃を仕掛けられると厄介だ。まとめて片を付けたいが——そう思っていると、横からサーニャが飛び出した。

両手に短剣を構え、ゴブリンの間を駆け抜ける。ひゅぴッ！　と風を切る音がしたかと思うと、四体が霧散した。

「強いんだな、サーニャ」

「これくらい当然」

頼もしいことこの上ない。

剣を振るい、襲いかかるゴブリンたちを斬り伏せていく。

と、残った一匹が、背を向けて逃げようとしているのが目に入った。これを逃がせばまた旅人を襲う可能性がある。

（試してみるか）

俺は足に魔力を流し込んだ。一気に踏み込む。

ぐん、と身体が加速する。風が唸《うな》り、光条と化した剣が、最後の一体を貫いた。

『ギギ……』

ゴブリンが断末魔の叫びを残して消え失《う》せる。

旅人たちから驚愕《きょうがく》の声が上がった。

「なんだ、今の⁉　見えなかったぞ⁉」

どうやら成功だ。が、振り返ると、俺が走った軌道がごっそりとえぐれていた。……調整が難しい、要練習だ。

街道に戻ると、リゼたちが駆け寄ってきた。

「ロクさま、今のは一体⁉」

「何だろ、魔力で身体強化をしたっていうか」

「そんなことができるのですか⁉」

「本を読みながら研究する内に、思いついたんだ。でも、ちょっとやりすぎたな」

頰を搔《か》く俺を、リゼは「ほぁぁ、すごいです、ロクさま」と目をきらきらさせている。

ゴブリンが消えた後に残った光が、剣《アンベルジュ》に吸い込まれていく。

「その剣は？」

「もらったんだ。さびだらけだけど、よく斬れるよ」

発動している間、魔力をぐんぐん吸われるのが気になるが、幸い俺は魔力量には恵まれたらしく、特に支障はない。見た目は古いが、良い剣だ。それに、なんだかまた軽くなった気がする。刀身もちょっと細くなったような？

被害がないか確かめていると、旅人や商人たちがわらわらと集まってきた。

「いやぁ、助かったよ！　兄ちゃん、相当腕が立つね！」

「お嬢ちゃんたち、魔術を使えるのかい。すごいなぁ」

「これ、よかったら持って行ってくれ」

野菜やら果物やらをありがたく受け取って、再び街道を行く。

ティティは、ゴブリンが消えた後に残ったクリスタルの欠片《かけら》のようなものを回収して、ほくほくしていた。

「これは魔物の核。ギルドにもっていけば換金できるんだよ。ゴブリンの牙《アイテム》も手に入ったし、幸先《さいさき》いいね！」

――その夜。

俺は宿の裏で、月明かりを頼りに剣の素振りをしていた。腕に魔力を通わせながら剣を振る。やはり異様に身体が軽い。まるでブーストが掛かっているようだ。

「これって魔力錬成スキルのおかげなのかな」

腕に流れる白銀の魔力を眺めながら呟《つぶや》く。王女にはゴミスキルと言われたけど、もしかして魔力を意のままに操れるって、割と万能なんじゃ……？

この力とアンベルジュがあれば、勇者として活躍して、後宮の地位を上げることができるかもしれない。リゼの――みんなの力になれるかもしれない。

手応えを感じていると、小さな足音に気付いた。振り向くと、リゼが立っていた。

冷たい夜風に、薄い寝間着の裾が揺れる。

駆け寄って肩に上着を掛けると、リゼは「ありがとうございます」と笑った。

「どうしたんだ？」

「お邪魔してすみません。眠れなくて」

不安なのだろう、魔力回路が黒くざわめいている。

俺はリゼの背に手を添えた。微《かす》かに震えている。リゼの抱えている不安が少しでも和らぐよう願いながら、ゆっくりと魔力を流し込んだ。

やがてリゼの魔力回路が、本来の色に輝き始めた。リゼがほぅと息を吐く。

「ロクさまの魔力、温かくて優しくて、安心します」

「そうか。良かった」

強《こわ》ばりも解けたようだ。

リゼがふと俺を振り仰いだ。

「ロクさま。試してみたいことがあるのです。ロクさまの魔力を、限界まで注ぎ込んでください ませんか?」

「いいけど、具合が悪くなったら、すぐに言ってくれ」

「はい」

魔力回路に目をこらしながら、慎重に魔力を流し込む。器がいっぱいになる直前で止めた。リゼが大きく息を吸って、叫ぶ。

「『炎魔壁《フレイム・シールド》』!」

リゼの前に、炎の壁が現れた。

「や、やりました!」

「おお、すごいな」

新しい魔術を習得するには、腕のいい魔術士でも一年はかかると聞いていたのに。みんな、俺の予想を超えてどんどん成長していく。

しかしリゼは首を振った。

「私の力ではありません、ロクさまがすごいのです」

月明かりに、ふわりと花のような微笑《ほほえ》みが咲く。

「私、嬉《うれ》しいんです。もう二度と、自分の魔術は使えないと思っていたから。どうぞこれからも、たくさん教えてください。私の、私たちの先生」

王都を出立して七日目。

緑まばらな畑の間を、馬車はごとごとと走る。牧歌的な風景だが、どこか重苦しい空気が漂っていた。

行く手に、大きな屋敷が見え始め——リゼが「あっ」と小さく叫んだ。

「すみません、止まってください」

リゼが馬車から降りる。

「あっ、リゼさまだ！」

「リゼさま、おかえりなさい！」

民家から小さな女の子が二人、駆け寄ってきた。どうやら姉妹のようだ。

「アリア、ローズ！　大きくなったわね。元気だった？」

両腕を広げたリゼの胸に、姉妹が飛び込む。

「リゼさま、きょうはあそべるの？」

「おままごとしよう！　お母さまに、新しいお人形を作ってもらったの！」

栗色《くりいろ》の髪をポニーテールにした勝ち気そうな子が姉のアリア、その背中にくっついている垂れ目の子が妹のローズというらしい。

嬉しそうな二人に、リゼは眉を下げた。

「ごめんね、少し用事があって……そうだ、これをあげるわ」

リゼが差し出したのは、ビーズの入った袋だった。姉妹が歓声を上げる。そういえば、立ち寄った街で買っているのを見た。そうか、この子たちへのお土産だったのか。

姉妹の嬉しそうな様子から、リゼが子どもたちに心から慕われてるのが伝わってくる。

と、前方から馬に乗った長身の青年が駆けてきた。

「リゼ！」

「ルートお兄さま！」

リゼの兄らしい。ルートと呼ばれた青年は、ひらりと馬から下りた。

「よく戻ってくれた。こちらの方は？」

「異世界よりいらした勇者さまです」

「初めまして、ロクです。勇者というか、まだ正式な資格はないんですが……」

「こ、これは」

ルートは折り目正しく頭を下げた。

「よくぞお越しくださいました。ベイフォルン家の長兄、ルートと申します」

「おにーさん、勇者さまなの？」

「すごぉい！」

ちびっこ姉妹がきらきらした目で俺を見上げる。

リゼがルートに小声で尋ねた。

「お父さまのご様子は？」

「あまり良くない。すぐに来てくれ」

屋敷に招き入れられ、二階へ。奥の部屋、壮年の男性がベッドに横たわっていた。

「お父さま！」

リゼが駆け寄るが、応えるのはぜいぜいと苦しげな呼吸ばかりだ。

ルートが眉をひそめる。

「先週倒れてから、ずっとこの調子だ」

「苦しそうだね」

心配そうに呟くティティの横で、サーニャがぽつりと言った。

「瘴気《しょうき》に当てられてる」

リゼはアイゼン子爵の手を握って、必死に呼びかけている。

俺はリゼの父親――アイゼン子爵の魔力回路に目をこらした。魔力が濁っている。

「少し、いいですか」

ベッドに近づき、子爵の胸に手を当てる。回路を見ながら、慎重に魔力を流し込んだ。

やがて、呼吸が落ち着いてきた。まぶたがゆっくりと上がる。

「……リゼ」

「お父さま！」

縋《すが》り付くリゼに、しかし父親はしゃがれた声で呻《うめ》いた。

「なぜ帰って来た」

「お父さまが倒れられたと聞いて、一目お会いしたくて……」

「後宮へ戻れ。お前はもう、ベイフォルン家の娘ではない」

リゼがうなだれる。

ルートが「父上！」と声を荒らげたが、アイゼン子爵は再び目を閉じてしまった。どうやら眠ったようだ。

ルートに促されて、客間へ移動する。

「我がベイフォルン領は、もともとあまり豊かとは言えない土地で、養蚕で食いつないでいたのですが、北方魔族の影響が強く、十五年ほど前から瘴気が蔓延《まんえん》するようになり……冒険者に依頼したのですが、ダンジョンの位置が特定できず、そうこうする内に瘴気のせいで蚕は病み、ついには満足な報酬も出せなくなりました。瘴気の元を絶たないことには、父の回復は見込めないでしょう」

リゼがうつむく。いつも俺を勇気づけてくれた笑顔は翳《かげ》り、今にも泣き出しそうな表情に胸が苦しくなる。再会はほんの数分だったが、リゼがどんなに父親を愛しているか、痛いほど伝わってきた。俺に何かできることがあれば――

肩に乗ったアルルが、心配そうにリゼの頰を舐《な》めた、その時。

「リゼ！」

青年が二人、客間に駆け込んできた。顔立ちがルートに似ている。

「カイト兄さま、リント兄さま！」

立ち上がったリゼの手を、二人が握る。

「久しいな。元気だったか？」

「はい、カイト兄さま！」

「父さんも酷《ひど》いよなー、オレが代わりに後宮に行くっていったのに。今からでも代わろうか？」

「リント。お前はまたそんな戯《ざ》れ言《ごと》を。ルート兄さん、何か言ってやってください」

「いいんじゃないか？　リントは可愛《かわい》いし。ロクさまなら受け入れてくれるだろう」

何かとんでもないことを言われている気がする。

カイトと呼ばれた青年が俺を見た。

「この御方《おかた》は？」

「勇者さまだそうだ」

「「勇者さま!?」」

二人は一斉に膝を突いた。

「これはとんだご無礼を。申し遅れました、ベイフォルン家次男、カイトと申します」

「リゼがお世話になっております！　ベイフォルン家が三男、リントと申します！」

「ロクです、初めまして。ええと、勇者というか、何というか……」

慎重に言葉を探す俺を見つめて、カイトが微笑んだ。

「しかし、優しそうな方で良かった。リゼ——リーズロッテは少々おてんばですが、気立ての良い娘です。どうぞお引き立てくださいますよう」

「に、兄さまってば」

リゼが真っ赤になってカイトの服を引っ張っている。仲が良い兄妹《きょうだい》だ。リゼが複雑な事情を抱えながらも、優しく、伸びやかに育った理由がよく分かる。

ほほえましく見守っていると、リゼが意を決したように口を開いた。

「ロクさま。こんな我儘《わがまま》を申し上げて、申し訳ございません。けれど、二日ほどお時間をいただけませんか。瘴気の影響である以上、看病しても詮ないこととは分かっているのですが……できることは、全てしたいのです」

「もちろん」

二日と言わず、リゼの気の済むまで居ればいい。ティティもサーニャも、うんうんと頷《うなず》いている。

「ありがとうございます！」

その日から、リゼは甲斐甲斐《かいがい》しく父親を看病した。俺も何度か魔力を移したが、一時的に活性化させるだけで、回復にはいたらない。やはり瘴気の元を絶つしかないようだ。だが、肝心の瘴気の巣《ダンジョン》の位置が特定できないことには手の打ちようがない。

（他に、できることがあればな）

今は有事に備えて力を付けるしかない。

俺は庭の一角を借りて、剣の稽古に勤《いそ》しんだ。剣の扱いに慣れてきた気はするが、完全に独学なので、ちゃんと通用するのか分からない。

「うーん、もうちょっとこう……」

本を参考に試行錯誤しながら素振りを繰り返していると、ルートがやってきた。カイトとリントも一緒だ。

「剣の稽古ですか」

「はい。何かあった時に、少しでも力になりたくて……そうだ。ちょっと試してみたいことがあるんですが、協力してもらえませんか」

「はい、喜んで」

ルートの手を取り、魔力を流し込む。

「む。何やら温かいですな。これは一体？」

「俺の魔力を移してます」

「そんなことができるのですか」

同じく、カイトとリントにも魔力を注ぎ込む。

「そのまま、普段の稽古をしてもらっていいですか？」

「？　承知いたしました」

俺の魔力を保持したまま、剣の型をいくつか実演してもらう。さらに三人での打ち合いも実践してもらった。

二十分ほどの稽古を終えて、再び手を取った。先ほど流し込んだ魔力を回収する。

試しに剣を振ってみる。

「おお」

身体《からだ》が軽い。まるで馴染《なじ》んだように、剣の型を再現できる。

それぞれの動きを完璧に再現する俺を見て、三人が目を丸くした。

「えっ、すげー！　すごくないですか⁉　完全再現じゃん！　どうやってんの⁉」

「これは……まるでトレースされているかのようです」

魔力で『身体強化《ブースト》』スキルの模写ができたので、他のスキルも魔力で代用できないかと思ったのだが、どうやら当たったらしい。今回参考にしたのは、本で読んだ『模倣《トレース》』という、他人の動きを再現するスキルだ。

魔力の記憶は時間が経《た》つと消えてしまうようで、復習が必須だが、それでも独学で稽古するよりもずっと早い。しかも三人分の経験値を一気にインプットできる。太刀筋の好みや癖が三者三様で面白いし、勉強になる。

三人それぞれに魔力を流し込み、剣を合わせてもらい、回収する。魔力の記憶を頼りに鍛錬を重ねる。その流れをひたすら繰り返した。

そして、数時間後。俺の太刀筋を見て、ルートがあっけにとられたように呟《つぶや》く。

「さすが勇者さま……普通、ここまで上達するのに一年はかかるのですが」

「みなさんのおかげです」

礼を言って別れた後も、俺は何度となく素振りを繰り返した。魔力の記憶を定着させ、トレースした型を自分のものにしていく。

「……魔力を制するものが、全てを制する、か」

謎の少女に告げられたその言葉の意味が、ようやく分かり始めていた。

事件が起こったのは、ベイフォルン家に滞在して二日目の昼のことだった。

「ルートさま！」

みんなで昼食を食べようとした時、ただ事でない声が響いた。

玄関に出ると、若い男女が蒼白《そうはく》な顔で膝を突いていた。傍《そば》に、ポニーテールの女の子もいる。アリアだ。

――ローズの姿がない。アリアに隠れるようにしながら無邪気に俺を見上げていた、垂れ目の妹の姿がない。

尋ねる前に、父親らしき男性が口を開いた。

「ローズが、ローズが魔物にさらわれて……！」

「なんだと！」

「い、一瞬のことで……村はずれの者が、南の森に入っていくのを見たと」

「冒険者を呼んだんじゃ間に合わない」

ルートが唇を噛《か》む。

アリアが泣きながら叫んだ。

「おねがい、ローズをたすけて！」

「……！」

リゼが息を呑《の》む。胸元で握りしめた拳が、震えている。

わななく背中に手を添えると、緋色の瞳が、何かを決意したように俺を見つめた。

「ロクさま、どうかお力をお貸しください」

俺は頷いて、剣の柄《つか》を握り締めた。

「行こう」

俺とリゼ、ティティ、サーニャの四人で現場の森に赴く。ルートたち兄弟には、他の魔物の襲来に備えて村を警戒してもらっている。

森の入り口で、リゼがきらりと光るものを拾い上げた。

「これは」

リゼがあげたビーズだ。葉の上に点々と落ちている。目をこらすと、黒い魔力の跡が見えた。魔物のものだろうか。

「こっちだ」

ビーズと魔力の残滓《ざんし》をたどり、森の奥へと進む。

やがてたどり着いた山のふもと、洞窟がぽっかりと口を開けていた。

「これがダンジョンか」

カンテラ《魔石》の明かりが内部を照らす。空気は重たくよどみ、ひんやりと湿っている。

「うわあ、雰囲気あるねー」

「足下気をつけて」

カンテラを掲げ、注意深く進む。中はひどく入り組んでいた。行き止まりに当たる度、分岐点まで戻ってチョークで印を付ける。

足音を殺しながら進む内、開けた空間に行き当たった。天井が高い。まるでドームのようだ。息を殺し、岩陰からそっと中を窺《うかが》う。

広場の奥に、魔物たちがたむろしていた。数は四十体ほど。黒い犬のような獣だ。

ティティが「コボルトだ」と緊張した声で呟く。

コボルトたちは大きな岩を取り囲んでいた。その上にローズが横たわっている。どうやら気を失っているらしい。だがコボルトは手を出さない。まるで供物《くもつ》を捧《ささ》げているようだ。

「なにかを待ってる?」

その様子は引っかかったものの、迷っている時間はない。

俺はリゼとティティに目配せした。二人が頷く。

「『炎魔球《ファイア・ボール》』！」

「『水魔矢《ウォーター・アロー》』！」

コボルトたちの上空、リゼが放った炎の球を、ティティが魔矢《マジック・アロー》で撃ち貫《ぬ》く。洞窟に眩《まばゆ》い光が弾《はじ》けた。

『ギャウ！』

まともに目を灼《や》かれて、コボルトたちが悲鳴を上げる。

俺は背後から一気に肉薄すると、コボルトたちを左右に斬り伏せ、道を切り開いた。

リゼがローズのもとに駆けつける。

「ローズ、しっかり！」

見たところ、大きな怪我《けが》はないようだ。

「ロクちゃん、うしろ！」

振り返るよりも早く、サーニャの短剣が唸《うな》った。すぐ後ろまで迫っていたコボルトたちが急所を突かれて、たちまち虚空《こくう》に溶ける。

サーニャは短剣を振って、まとわりつく黒い霞《かすみ》を払った。

「あなたはわたしが守る」

「心強いよ」

ローズを背に庇《かば》い、岩に登ってこようとする魔物たちを蹴散らす。一体一体は強くないが、数が多い。

と、視界の端。順調に魔矢を放っていたティティが、ふらりとよろめいた。

「ティティ！」

岩から転がり落ちそうになるのを、危ういところで抱き留める。

呼吸が浅く、身体が冷たい。唇も血色を失っている。

「ごめん、なさい……魔力、切れ、かも……」

俺はその手を握り、魔力を流し込んだ。魔力回路が眩く輝き始め、ティティの顔色がみるみる戻っていく。

「わ。これ、ロクちゃんの魔力？　すごい……」

ティティは驚いたようにまばたきしていたが、何かひらめいたのか俺を見つめた。

「ロクちゃん。このまま、魔術を放ってみたい」

「ああ、やってみよう」

ティティの左手を握り、魔力を送り込む。俺の魔力がティティの魔力回路を巡り、コボルトたちへ向けた右手へと集まっていく。

その輝きが頂点に達する瞬間に合わせて、俺は叫んだ。

「放て！」

「『水魔砲《アクア・キャノン》』！」

青い光が迸《ほとばし》る。渦巻く水が、コボルトたちをまとめて吹き飛ばした。

「わあ、すごいよこれ、無限に撃ち続けられる！　さあ、どんどんいくよー！」

俺が魔力を注ぎ込むそばから、ティティが魔術を放つ。激しい水流に、コボルトたちが面白いように押し流されていく。

その時。

「ロクさま、上です！」

ティティを抱えて飛びすさる。太い爪が、俺たちが居た地面をえぐった。

『グルルル』

「キメラ……！」

王宮で見た個体より一回り大きい。獣を寄せ集めた体軀《たいく》は黒い霞に覆われ、牙の間から黒い炎が噴き出している。どうやら横穴に潜んでいたらしい。

「これがダンジョンの主か！」

『ヴオオオ！』

たてがみを逆立てるキメラに、ティティが右手を向けた。

「『水魔砲』！」

青い光が収束し、水の奔流となってキメラに押し寄せ――キメラが雄叫《おたけ》びと共に黒い炎を吐いた。ティティの魔術がかき消される。

「うげっ！　水属性が押し負ける炎ってナニ⁉」

『ゴアアアアア！』

憤怒《ふんぬ》の咆哮《ほうこう》が、洞窟を震わせる。俺はローズを抱き上げた。

「逃げるぞ！」

リゼたちを促し、ローズを抱いたまま走る。キメラに続いて、コボルトたちも追いすがる。

『ヴオオオオ！』

キメラが吠《ほ》え、すぐ横をごうっと黒い炎が掠《かす》めた。

俺はチョークの印がついた隘路《あいろ》に走り込んだ。

「こっちだ！」

「けれどロクさま、そちらは！」

「考えがあるんだ」

手順を打ち明けると、リゼは表情を引き締めて頷《うなず》いた。狭い道を駆け抜け、魔物たちを奥へと誘い込む。

先頭を行くサーニャの足が止まった。行き止まりだ。振り返る。

コボルトたちを押しのけるようにして、キメラが進み出た。

『グルルルル！』

「行けるか、リゼ」

「はい！」

俺はリゼの背中に手を当て、容量ぎりぎりまで魔力を注ぎ込んだ。リゼの回路が眩く輝き始める。

『ゴアアアアアア！』

キメラが大きく口を開く。喉の奥から、漆黒の炎が迸り――

「頼む、リゼ！」

「はい！『炎魔壁《フレイム・シールド》』！」

目の前に、炎の壁が現れた。眼前まで迫った黒炎が壁に阻《はば》まれ、逆巻きながら逆流する。

『ゴアアアアアア！』

凄《すさ》まじいバックファイアが、キメラとその周りに居たコボルトたちを呑み込んだ。

「やった！　やりました！」

「すごいぞ、リゼ！」

キメラの――炎を操る魔物の魔術に、リゼの炎が競《せ》り勝った。リゼが磨き上げた魔力が、あの業火《ごうか》を凌《しの》いだのだ。

しかし、サーニャが「まだ」と呟《つぶや》く。

『ヴ、ヴヴ、ヴ……』

炎の残滓から黒い獣が現れる。全身は漆黒の炎に包まれ、手足の先は灰になりかけている。喉から漏れるそれはすでに断末魔の呻《うめ》きだが、獲物を喰らおうと牙をむき出す。

ティティが「もー、しつこいよ！」と地団駄を踏む。

「リゼ、ローズを頼む」

俺はリゼにローズを預けると、祝福の剣《アンベルジュ》を抜いた。手足に、そして刀身に、ありったけの魔力を流し込む。

「ふー……」

呼吸を整え、魔力を研ぎ澄ませていく。全身に力が漲《みなぎ》る。まだだ、もっと――

『ガアアアアッ！』

キメラが地を蹴った。

「疾《シ》ッ！」

呼気と共に剣を振り抜く。刀身を包む白銀の光が、魔術の刃《やいば》となって放たれた。

『ギエェェエアアアアア！』

ライオンの首と鷲《わし》の胴体がすっぱりと分かれ、地面に落ちる。

「す、すごい……！」

「今のなに⁉　魔術⁉」

「ん。魔術……みたいなものかな？」

昨日、『刀身に魔力を宿せるなら、それを魔術のように放てないか』と思い付いて、密《ひそ》かに練習していたのだが……キメラをあっさり両断できるとは、想定した以上の威力だ。

キメラの死骸が、核を残して消えていく。洞窟内の空気が澄んでいくのが分かった。

「ん？」

気付くと、アンベルジュが変貌していた。ごつくて平たい剣だったのが、細く流麗なシルエットになっている。さびが落ち、宝石のくもりも少し薄くなったようだ。

ひとまず鞘《さや》に納めて、振り返る。

「怪我はないか？」

「は、はい！　ロクさまこそ、ご無事で！」

「すごいよロクちゃん！　あんなの初めて見た！」

「かっこよかった」

そんなにきらきらした目で見られると、なんだかこそばゆい。

「ありがとう。でも、みんなのおかげだ」

俺はそう言って、三人を見渡し——リゼと目が合った。初めての実戦、それも相手は大型獣《キメラ》だ。怖かっただろうに、あの一瞬で俺を信じて、作戦に身を任せてくれた。

その頭にぽんと手を置く。

「頑張ったな」

リゼは頬を紅潮させ、「は、はいっ」ととびきり嬉《うれ》しそうに声を上げた。

「わぁ、いいなー！　ロクちゃん、ティティもっ！　ティティもなでてー！」

「わたしの頭もなでればいい。なぜならあなたは特別だから」

俺は笑いながら二人の頭も撫《な》でると、ローズをおぶった。

「さあ、戻ろう」

屋敷の前には、たくさんの人が集まっていた。元気に駆け寄ったローズを、アリアが抱きしめる。両親らしき二人が泣きながら頭を下げた。

「ありがとうございます！　あなた方は、私たちの恩人です！」

ダンジョンの主が消滅したことで、瘴気《しょうき》も晴れたようだ。

ローズの無事を喜んでいると、ルートがリゼに駆け寄って耳打ちした。

「リゼ。父さんが呼んでる」


「お父さま！」

リゼの父、アイゼン子爵はベッドの上で上半身を起こしていた。瘴気が抜けたのだろうか、顔色がいい。魔力のにごりも消えたようだ。

子爵は俺の姿を見ると、ベッドから下りて膝を突き、頭《こうべ》を垂れた。

「勇者さま。ルートより伺いました。領民を助け、のみならずダンジョンを制圧し、瘴気を払ってくださったと。なんとお礼を申し上げればいいのか……」

「そんな、顔を上げてください。俺一人の力じゃありません。リゼや、みんなが頑張ってくれました」

慌ててその手を取って、ベッドに座らせる。

アイゼン子爵は顔を覆った。指の間から、震える声が零《こぼ》れる。

「……リゼ。お前には、帰って来てほしくなかった」

「お父さま……」

「いつからか土地は痩せ、民は病み……妻は死に、シャロットは奪われた。この家は呪われている。このままではお前まで失ってしまう。せめてお前には、この呪われた土地を忘れて、生きてほしかった」

リゼが目を潤ませる。子爵がリゼに告げた「もう自分の娘ではない」という突き放すような言葉も、娘を想《おも》う愛情ゆえだったのだ。

「本当に、すまなかった」

「いいえ。いいえ、お父さま。こんなにも愛していただいて、リゼは幸せです。世界で一番、幸せな娘です」

しわ深い手に、リゼの白く細い手が重なる。

父娘《おやこ》の間にあった軋轢《あつれき》が、日向《ひなた》に置いた氷のように溶けていくのが分かった。

「しかし、まさか勇者さまにお目にかかれる日が来ようとは」

アイゼン子爵はちらちらそわそわと俺を見る。

「それにしてもよくできた方だ。優しく、器が大きく、男気もある。リゼがこのような方と結ばれてくれれば、わしも安心できるのだが」

「お、お父さまっ」

「勇者さま、大変不躾《ぶしつけ》なお願いであることは重々存じております。ですが、この老いぼれの願いと思って、我が娘にひとつ、熱い、熱いご寵愛を賜りますよう」

「お父さまー!?」

煙が出そうなくらい真っ赤になるリゼを見ながら、俺は考えた。

そう。そうだな。リゼはまだ年端《としは》もいかない女の子。大切な娘さんをお預かりする身として、リゼを守り導くのは、俺の義務だ。

胸を叩いて答える。

「はい、任せてくださいお父さん！」

「ロクさまー!?」

「ありがとうございます！　不肖アイゼン、孫を見られる日を楽しみにしております！」

「お父さま――――!!」

（孫？）

耳まで赤くするリゼをよそに、俺とアイゼン子爵は固い握手を交わしたのだった。

翌日、俺たちは出発の準備を整えた。

屋敷の前にはアイゼン子爵や使用人はもちろん、たくさんの人が見送りにきてくれた。

ルートたち三兄弟が頭を下げる。

「本当にありがとうございました。このご恩は忘れません」

「何か困ったことがあれば言ってください、すぐに馳《は》せ参じます！　オレ、フットワーク軽いんで！　三男なんで！　ぶっちゃけヒマなんで！」

「リント。お前はロクさまを見習って、剣術を鍛え直せ」

「我らベイフォルン家が三兄弟、いついかなる時も、貴方《あなた》さまの剣となりましょう」

リゼはローズやアリアと別れを済ませ、馬車に乗り込んだ。

「お父さま、お兄さまがた、どうぞお元気で」

その横顔は名残惜しそうだ。アイゼン子爵も寂しそうにしている。

と、リゼの肩に乗っていた子犬のアルルが、飛び立った。

「アルル、どうしたの？」

アルルはアイゼンの肩にとまると、ぺろぺろと頬を舐《な》め始めた。

「こ、これ」

「きゅう、きゅう」

アルルの鳴き声を、サーニャが通訳する。

「ここに残るって言ってる」

アルルに懐《なつ》かれて慌てふためくアイゼン子爵を見ながら、ルートが笑う。

「それはありがたい。精霊獣が居着いた土地は豊かになるという言い伝えがございます。もしこの子がここにとどまるつもりなら、願ってもない」

俺とリゼは、アルルの頭を撫でた。

「頼むぞ、アルル」

「元気でね。ありがとう」

アルルは燃えさかる尻尾を振って、きゅいっと鳴いた。

ティティが手綱を握る。見送る人々に手を振り、屋敷を後にする。

青い空に、人々の感謝の声が、どこまでもこだましていた。

屋敷が見えなくなってからも、リゼは遠くそちらの方角を眺めていた。新緑の香りをはらんだ風に、亜麻色の髪がなびく。

荷台で揺られながら、俺はその横顔を見ていた。

今回の旅でよく分かった。リゼが、どんなに家族に、人々に愛されて育ってきたのか。

そして、どんなに彼らを愛しているのか。

後宮に戻ることは、果たしてこの子にとって幸せなのだろうか。

「もしリゼが望むなら、ここに残っても――」

言い終わるよりも早く、リゼが「いいえ」と振り向いた。

「いいえ、ロクさま。リゼはロクさまと共にありたいのです」

まっすぐに向けられたまなざしの、思いがけない強さに驚く。と同時に、迷いのない返事が嬉しかった。

リゼは唇を綻ばせると、「本当にありがとうございます」と頭を下げた。

「ロクさまは、私だけではない。父を、家族を――私の大切な人々を、救ってくださいました。私の勇者さま。あなた様のお側《そば》に置いていただけることが、私の喜び。あなた様にお仕えすることこそが、私の誇り。リゼは、どこまでもお供いたします」

ほっそりとした手が、俺の手を取る。

豆だらけの手のひらに頬を寄せて、リゼは俺を見つめた。

「あなたをお慕いしています。神姫《じんき》の魂を継ぐ者として――いいえ、あなたを愛するリーズロッテ・ベイフォルンとして。どうぞ、末永くお側に居させてください」

心臓が熱く脈を打つ。愛《いと》おしげに細められた双眸《そうぼう》。あどけなく、けれど深い愛に満ちた表情。囁《ささや》くように告げられたそれは、まるで愛の告白のようで。

どぎまぎしていると、リゼはふわりと笑った。

「さあ、帰りましょう、私たちの後宮へ」

胸に、温かな光が満ちる。

——そうだ。俺には、帰る場所がある。

「ああ」

抜けるような空。寄り添って飛ぶ二羽の鳥が、高らかにさえずった。

第四章　魔導剣を求めて

「ロク先生、ここのところ魔術の威力が落ちてしまって……視《み》ていただけますか？」

「せんせぇ、新しい魔術を覚えましたぁ、褒めてくださぃ〜」

俺がこの世界に来て二ヶ月。魔術講座は順調に続いていた。

後宮の広場で、居並んだ少女たちの魔力を視ながら、アドバイスをして回る。

姫たちはすっかり俺を信じて慕ってくれ、俺もその信頼に応えるべく、全力で指導に当たっていた。

ひとりひとり記録をつけ、レベルに応じて課題を出す。基本は得意を伸ばしつつ、余裕があれば新しい魔術に挑戦《チャレンジ》させるスタイルだ。

どうやらその方針が当たったらしい。

みんな魔術を使えるようになるのが楽しいようで、幅も精度もどんどん上がってきている。中でもリゼやティティ、サーニャは成長著しく、浮魔球《スペル・ボール》をアレンジして、新たな魔術に応用できるようになっていた。

これだけの人数がこれだけのスピードで魔術を習得することはまずあり得ないようで、マノンは「貴族付きの魔術講師が見たらひっくり返るでしょうねぇ」と楽しそうだ。そんなマノンも、豊富な魔力を活《い》かして、順調に威力を上げている。

広場に明るい声が響く。代わる代わる俺を囲む姫たちを見ながら、俺は自分がごく自然に笑っていることに気が付いた。

みんなの笑顔を見るとほっとする。深い信頼を以《もっ》て受け入れられる喜び、迎えてもらえる安心感が、全身を穏やかに満たしている。こんな気持ちになるのは人生で初めてかもしれない。ここにいる誰もが平穏に、笑って暮らして欲しい。そのために俺も、できる限りのことをしたい。

その時、リゼが俺を呼びにきた。

「ロクさま、あの」

「？」

広場の一角に連れて行かれる。

楽しげな姫たちから外れ、細身のドレスに身を包んだ少女が所在なげに立っていた。

リゼがそっと教えてくれる。

「フェリスさまです。お身体《からだ》が弱くて、魔術講座も、ずっと欠席しておられました」

「そうか。ありがとう」

俺は頷《うなず》いて、金髪の少女——フェリスに歩み寄った。

「フェリス」

声を掛けると、フェリスははっと顔を上げた。膝を折って頭を下げる。細い肩に、絹のような髪がさらりと零《こぼ》れた。

「ロクさま。長い間、講座を欠席しておりまして申し訳ございません。フェリス・アルシェールと申します」

圧倒されるほどの気品に、内心で驚く。この後宮に来てから、貴族の所作はだいぶ見慣れたつもりだが、フェリスの一挙一動はそれに輪を掛けて洗練されている。

俺は「久しぶり」と笑った。

フェリスとは、目通りの儀で一度会っている。確かアルシェール辺境伯のご令嬢だ。マノンに聞いたところによると、アルシェール家は魔術の名門で、優れた魔術士を数多く輩出しているらしい。

「体調は大丈夫?」

「はい、お陰さまで。もっと早く参加したかったのですが、侍女に止められまして……」

遠目にも目立つ少女だったが、近くで見るとますます彫刻めいた美しさが際立《きわだ》つ。すっと通った鼻梁《びりょう》に、涼しげな翡翠《ひすい》色の瞳。あらゆるパーツが完璧な形で、あるべき場所に収まっている。肌は透けるように白くて、ほっそりとした佇《たたず》まいは月の女神みたいだ。身につけたアクセサリーのひとつひとつまで洗練されていて、光の衣を思わせるカナリア色のドレスが、その優美さに拍車を掛けていた。

「よし。じゃあ、魔力を練ってみてくれるか？　ゆっくり呼吸を繰り返して」

すると、フェリスの顔に緊張が走った。

疑問に思うよりも早く、フェリスは小さく頷いた。目を閉じて、深い呼吸を繰り返す。

俺はその魔力回路に目を凝らした。

「これは……」と、思わず呟《つぶや》く。

回路がひどく見えづらい。金色の脈がかすかに通っているが、明らかに光が弱い。そういえば目通りの儀の時も、魔力が異様に少なくて気になっていたのだ。

「うーん」

俺が漏らした呻《うめ》きに、フェリスがたじろぐ。すると、ただでさえ消え入りそうな魔力回路が一層頼りなくなった。

「ちょ、と、と、大丈夫、怖くない、怖くないよ」

慌てて声を掛ける。

他にも魔力が細い姫はいるが、フェリスは飛び抜けて不安定だ。魔力とは生命の根源、すなわち生命力。こんなに魔力が少ないのでは、下手に魔術を使えば命に関わる危険がある。あと、色が金色なのが気になる。一体属性は何だろう。土属性の黄色ともちょっと違う気がする。

さらに目を凝らす。……どうも腰のあたりで、魔力の流れが滞っている。

「フェリス。腰に、何か着けてるか？」

「え？　あ、は、はい。あの……コルセットを……」

「なるほど、コルセット」

って、なんだっけ？

首をひねっていると、フェリスの侍女が耳打ちしてくれた。

「腰を細く見せる装具です。王都で流行《はや》っているのです。きつく締めれば締めるほど、女性らしいシルエットになると」

なるほど。魔力の流れが滞るわけだ。

「よし、脱ごうか」

「!?」

フェリスはおろおろとしていたが、やがて意を決したように向き直ると、おもむろにドレスをはだけようとした。

「ろ、ロクさまが、そうおっしゃるなら……」

「あ、ごめん、今じゃなくていいよ」

慌てて止めると、フェリスは「えっ」と真っ赤になって固まった。はだけかけているドレスを、侍女がシャッ！　と直す。

「ええと、あとは……ごはんはちゃんと食べられてるか？　夜は眠れてる？」

「え、あ、あの……私……あまり、その……」

フェリスは胸元をぎゅっと押さえてうつむく。

フェリスは魔力回路もそうだが、身体そのものが細い。『心身の健康は、魔術の素養に直結する』というのが、姫たちを指導する内に俺が得た持論だ。この様子からすると、おそらく食事も睡眠も充分にとれていないのだろう。

萎縮するフェリスに、俺はできる限り優しく声を掛けた。

「そんなに緊張しないで。俺にも、敬語とか使わなくていいから。何か困ったことがあったら、すぐに相談してほしい」

「はい——ええ」

あと、今できそうなことは——難しいかもしれないが、試してみよう。

「ちょっとごめん」

手を取ると、フェリスはびくりと身をすくめた。

「な、なに？」

「俺の魔力を注ぎ込んでみる。もし体調が悪くなったら言ってくれ」

「え？　魔力を？」

細く息を吐きながら、できる限りゆっくりと魔力を流し込む。

が、開始して数秒。

「ま、待って。なんだか、ふわふわして……」

魔力酔いを起こしたらしい。ふらふらしているフェリスを、慌てて座らせる。やはり魔力を受け入れる器そのものが小さいようだ。

「ごめん、辛《つら》かったな」

謝ると、フェリスは首を振った。

「そんなことない！　温かくて、気持ちよくて、もっとして欲しかった。なのに……」

細い肩を落として、すっかりしょげ返っている。まるで寄る辺のない迷子のようだ。

「やっぱり、私には無理なんだわ……」

消え入りそうな呟きに、胸が苦しくなる。その一言だけで、この子がどれほど傷ついて

きたのかが伝わってきた。フェリスの生家――アルシェール家は魔術の名門。そんな家系の中で魔術を使えないとなると、辛い目に遭ってきただろうことは想像に難《かた》くない。

どんな過去があったとしても、後宮《ここ》では笑っていてほしい。どこにも帰る場所がなく、流浪《るろう》を繰り返してきた俺が、後宮のみんなに受け入れてもらってようやく救われたように、みんなが心から安心して居られる場所にしたい。

この子のために、何ができるだろう。

（魔力回路を活性化させる方法か……）

俺は顎に手を当てて考え込んだ。


その昼。

俺は厨房《キッチン》に顔を出した。

「ちょっといいかな」

「あ、ロクさま！」

厨房番《キッチンメイド》の少女たちがぱっと顔を輝かせる。

「ちょっと相談したいことがあるんだけど」

「はい！　あ、西方から仕入れたお菓子がありますよ、お茶を淹《い》れますね！」

出されたお茶とお菓子をありがたくいただきながら、用意したメモを見せる。

「体質に合わせて、何人かに特別メニューを作ってもらいたいんだけど、負担かな」

「いいえ、とんでもない！　姫さまたちの健康をお守りするのが、私たち厨房番の役目ですもの！　腕によりをかけて調理します！」

「ありがとう、助かるよ」

俺はまず、食材の魔力を視《み》て、四元素ごとに分けた。姫たちの属性を記した表と照らし合わせる。

「豆や人参《にんじん》は火属性だから、リゼは、このあたりの野菜を中心に。肉は鶏肉《とりにく》がいいな。フエリスには、こっちの野菜を使って……見栄《みば》えとか豪華さとかは二の次で、できるだけ食べやすくて消化に良《い》いものだと嬉《うれ》しい」

「でしたら、葉物中心のスープにしましょう。お肉は脂を落とすため、一度蒸して……」

医食同源という言葉がある。食は身体を作る。ということは、四元素にちなんだ食べ物をとることで、魔力を補強したり、強化したり、あるいは得意の属性以外も使えるようになるのではないだろうかと、そう考えたのだ。

机を囲んで、わいわいと意見を出し合う。

俺は厨房番たちに礼を言って厨房を出ると、マノンのもとに向かった。

もうひとつの提案を持ちかけると、マノンが「それはいいですね」と即座に取りはからってくれた。

それから二日後の昼。

よく晴れた空の下、宮女たちがきゃっきゃっとはしゃぎながら準備をする。

「お外で食べるなんて、歓迎の儀以来だわ！」

「やっぱりこういうイベントがあると、張り合いが出るわよね～」

後宮の中庭。噴水の水がきらきらと太陽を弾《はじ》き、色とりどりの花が咲き誇っている。

「まあ、素敵。バラが盛りを迎えていますね」

「園遊会を思い出しますわね。天気が良くて気持ちがいいです」

敷布に座った姫たちのもとに、食事が運ばれてくる。

これまで後宮では、各部屋で食事をするのが慣習だった。それを、たまにはみんなで外で食べないかと持ちかけたのだ。要はピクニックだ。

そんな中、俺はフェリスの姿を捜し――いた。噴水の近くに座り、本を読んでいる。

フェリス、と声を掛けると、フェリスははっと居住まいを正した。

「ろ、ロクさま」

「硬くならないでいいよ。良い天気だな」

「はい——ええ。あまり外で食べることがないから、とても新鮮だわ」

俺はその隣に腰を下ろした。

「普段は何をして過ごしてるんだ？」

「部屋に籠もって、本を読んだり、お勉強をしていることが多いかしら。魔術や大陸史学、魔物学に鉱物学、他国の言語……」

「その本は？」

「これは植物学。大陸有史以前は、植物が世界を支配していたのですって。西の砂漠にそれらしい痕跡があるそうよ。興味深いわ」

「俺も色々勉強中なんだ。魔術関係でおすすめの本があったら教えてくれないか」

「それなら、ちょうど読み終えたばかりのものがあるわ」

フェリスは侍女を呼ぶと、本を何冊か持ってこさせた。ページをめくると、余白に細かな字でびっしりとメモが書き込まれている。

「努力家なんだな、フェリス」

そう笑いかけると、フェリスは「いえ、そんな」と頬を染めてうつむいた。

そこに料理が運ばれてきた。厨房番特製、穀物と野菜を煮込んだスープだ。

湯気を立てるスープを、フェリスは一口すくって含んだ。ほうと息を吐く。

「おいしい。それに、とても食べやすいわ。こんなスープ、初めて」

その魔力回路がほんのりと光を灯《とも》すのを見て、俺は「良かった」と笑った。

「フェリスの魔力、少し元気になったな」

「え？」

「食べ物にも魔力が通ってるんだ。少しでも魔力回路が活性化すればと思って、魔力の強い薬物野菜を中心に作ってもらったんだけど、ちゃんと効果があったみたいで良かった」

フェリスが目を瞠《みは》る。

「すごいわ、食べ物にも魔力があるなんて、知らなかった。そんなこと、どの本にも書いていなかったわ」

「あと、食べやすい物が良いって厨房番のみんなに相談したら、『スープが良いんじゃないか』って。張り切って作ってくれたよ。……心配だったんだ、少し、食欲がないように見えたから」

フェリスは驚いたように俺を見つめている。

どうした？　と問うと、戸惑いがちに目を伏せた。

「あの、私……私、こんなに気に掛けてもらうのも、優しくしてもらうのも、初めてで……どうしたらいいのか、分からなくて……」

ぎこちなく笑おうとする姿に、胸が締め付けられる。

俺は身を乗り出して、翡翠《ひすい》色の瞳を覗《のぞ》き込んだ。

「フェリス。後宮《ここ》では誰も君を傷つけない。もう怖いことはないから、安心して、たくさん食べて、よく眠ってほしい」

翡翠色の双眸《そうぼう》が熱く潤む。フェリスは俺の目をまっすぐに見つめて、こくりと細い顎を頷《うなず》かせた。

あとは、そうだな――

「ロクさま、フェリスさま！」

明るい声に顔を上げると、丁度リゼとティティ、サーニャがやって来るところだった。

リゼが目をきらきらさせながらフェリスにお辞儀をする。

「フェリスさま、ご一緒してもよろしいでしょうかっ？」

「え、ええ、もちろん」

少し緊張している様子でスープを口に運ぶフェリス。

リゼはその横顔を熱っぽく見守っていたが、やがてそわそわと口を開いた。

「あ、あの、フェリスさま」

「けほっ」

「あーっ！　申し訳ございませんお食事中に！　リゼったらとんだ不作法を……！」

「だ、大丈夫よ。なに？」

「その……もしよろしければ、お友達になっていただけませんか？」

「えっ」

　リゼは頬を染めながら、もじもじと続ける。

「あの、子爵家の私がこのようなことを申し出るのは差し出がましいと思い、お声掛けできなかったのですが……フェリスさまはいつも凛《りん》としていてお美しくて、お召し物もアクセサリーもとても素敵で、ずっと憧れていたので、お近づきになれたら嬉しいなと……ご迷惑でしょうか？」

　フェリスはぽかんと口を開けていたが、その頬がみるみる上気した。

「う、嬉しい……っ」

　上擦った声でそう言って、リゼの手を取る。

「私、ずっと、とても可愛《かわい》い子がいるなって思っていたの。けれど、話しかける勇気がなくて……っ」

「まあ、そんな！　フェリスさまとお話しできるなんて光栄です、どうぞよろしくお願いいたします！」

「いいなー。ティティもフェリスちゃんとトモダチになりたいよ～」

「！　わ、私で良ければ、ぜひっ」

その横で、サーニャがパンをちぎってフェリスのお皿にのせている。餌付けだろうか。

リゼたちと打ち解けたことでリラックスできたのか、フェリスは笑顔を見せている。

良かったと胸をなで下ろす。魔力が命の源流だというのなら、魔力を底上げするためには、まず生命力を強く育むこと。よく食べ、笑い、太陽を浴びながら心許せる友人たちとおしゃべりをし、そしてよく眠る。健康的な生活をすることで、魔力回路が活性化する可能性はおおいにある。

リゼのおかげで、フェリスの心も解《ほぐ》れたようだ。感謝を込めた視線を送ると、何も知らないリゼは小首を傾《かし》げながらもにこにこと嬉しそうにしていた。

うららかな日差しを浴びながら、美味《おい》しい食事に舌鼓《したつづみ》を打つ。

それにしてものどかだ。眠くなってきた。

「ロクさま」

振り向くと、リゼがこちらを見ていた。頬を染めながら、ドレスに包まれた膝をぽふぽふと叩《たた》いている。

「ん？」

「（ぽふぽふ）」

「……？」

「（ぽふぽふぽふぽふ！）」

……もしかしなくても、膝枕で寝ろってことかな？

リゼは頬を上気させて、勇気を振り絞った感が満載だ。断るのは、逆に失礼……な、気がする……

「し、失礼、します」

横になり、リゼの膝に頭を乗せる。

「ね、寝心地はいかがでしょうか？」

「あ、えっと、最高です」

滑らかな生地の下に、太ももの感触。ほどよい弾力と柔らかさ。そうか、ここが桃源郷だったのか……

リゼが目元を染め、嬉しそうに「よかった」と笑う。

天使のような笑顔に見とれていると、ティティが「これおいしーっ！」と、フォークに刺した肉を差し出した。

「ロクちゃん、あーん」

お、おお。人生初あーんだ。しかも、こんな愛くるしい子から……いいのだろうか。

戸惑いつつ食べさせてもらう。おお、本当においしい。肉の脂が口の中でとろけて……

と、今度はサーニャがいちごを差し出した。

「わたしのも、たべて」

「いいのか？　サーニャ、フルーツ好きだろ」

「いい。あなたは特別だから」

ありがたくいただくと、サーニャは満足そうにふすーっと息を吐いた。可愛い。

そわそわしているフェリスを、ティティがつつく。

「フェリスちゃんも、ロクちゃんを甘やかすなら今がチャンスだよ」

「えっ⁉　あ、は、はいっ⁉」

フェリスはスプーンを差し出そうとして、湯気が立っていることに気付いたらしい。

「ふー、ふーっ、ふーっ！」

一生懸命冷ましてくれているが、息を吹きすぎて酸欠にならないか心配になる。

「ど、どうぞ」

「あ、ありがとう」

フェリスが恥ずかしそうにしているせいか、妙に照れてしまう。

それからも、膝枕をされたまま髪を撫《な》でられたりしながら、代わる代わる食べさせてもらった。なんか、すごく……すごく甘やかされている。人として堕落しそうな気がする。

他の姫たちがボール遊びを始めたのを見て、リゼがフェリスに話しかける。

「フェリスさまは、何かお好きなスポーツはございますか？」

「乗馬と……剣舞なら、少し」

「剣舞？」

「ええ。精霊に捧《ささ》げる踊りで、アルシェール家に古くから伝わっているの」

俺は「剣舞……」と呟《つぶや》いた。

「あ、私、飲み物を取ってくるわ」

フェリスが席を外す。

ほっそりとした背中を見送りながら、ふと呟く。

「アンベルジュみたいに、魔力を通す武器ってないのかな？　少しの魔力で威力を発揮できるような……」

俺がアンベルジュを使って魔物と渡り合えたように、何らかの媒体を通せば、魔術とは言わずとも、それに近いものを発動できるのではないだろうか。

リゼが小首を傾げた。

「かつては、魔導剣という武器があったらしいですが」

「魔導剣？」

「魔力を通わせることで、魔術と似た効果を宿せる剣です。その威力は絶大で、一振りで一個大隊に相当したとか」

もしかして、アンベルジュも魔導剣なのだろうか？

「ただ、特殊な鉱物が必要で、かつ鍛造が難しく、今では打てるのはロゼス・ビリオンという鍛冶師のみだと聞きます。幼い頃、リント兄さまが『ロゼスの魔導剣がほしい～！』と駄々をこねて、父を困らせていました」

「ティティも知ってるよ！　そのロゼスっていうヒト、武器商人の間で有名だった。でももう何年も姿を見せなくて、ほとんど伝説上の鍛冶師って聞いたよ」

「そうか」

いい考えだと思ったが、手に入れるのは難しそうだ。

と、それまで黙って聞いていたサーニャが声を上げた。

「わたし、しってる」

「⁉　ほんとか、サーニャ？」

「ロゼスは友達。あなたが会いたいなら、案内する」

おお、と声が弾む。どうやら希望の光が見えてきたぞ、フェリス！

「飲み物を持ってきたわ」

フェリスを見つめて力強く頷くと、フェリスは不思議そうに首を傾げた。


次の日の朝。

伝説の鍛冶師ロゼスに会うため、俺たちは後宮の広場に集合した。メンバーは前回と同じ四人。俺とリゼ、ティティ、そしてサーニャだ。

用意された馬車を前に、サーニャが首を振る。

「ロゼスは西の山岳に住んでいる。道が険しい。馬車は通れない」

「じゃあ、王都で馬を買って行こうよ！　値段交渉ならティティにお任せあれ！」

「頼りにしてるよ」

姫たちが後宮の門まで見送ってくれる。

「フェリス、楽しみにしててくれ」

力強く告げると、フェリスはやっぱり疑問符を浮かべていた。

「いってきまーす」

元気いっぱい後宮を発《た》つ。

さっそく、王都で馬を四頭そろえた。

「リゼは乗馬できるのか？」

「はい。レディのたしなみですのでっ」

リゼは自信ありげにそう言うなり、「よいしょ！」と馬にまたがり――

「……逆、かな？」

「す、すみません、とても久しぶりだったもので」

真っ赤になりながら乗り直す。

少し心配になったが、やや危なっかしさはありつつも、ちゃんと御せている。言い出しっぺのティティはもちろん、サーニャにいたっては、それまで興奮していた馬が、サーニャが手綱を握った途端におとなしくなった。かなり乗り慣れているようだ。

問題は俺だが……

「そうだ。魔力トレースを使えば」

一旦サーニャに魔力を移し、十分ほど乗馬してもらって、魔力を回収する。

「おお」

初めての乗馬なのに、軽々と馬を操ることができた。魔力トレース、とても便利だ。

「ロクさま、とてもお上手です！」

「ロクちゃんって、ほんとなんでもできるねー！」

進路を西に取って街道を進み、いくつかの町を通り過ぎ、森を抜け、山岳を越える。

王都を出発して一週間。

「ここから先は、徒歩でいく」

最寄《もよ》りの町に馬を預けて、山に張り付くように続く坂を徒歩で登る。

道はどんどん険しくなっていく。

「すごい道だな。リゼ、大丈夫か」

「はいっ」

「本当にこんなところに住んでるのかなぁ？」

ティティが驚くのも無理はない。山肌には大きな岩がごろごろと転がっていて、旅人の姿もない。空気が乾き、草木も少なくなってきた。

「ロゼスはこの先にいる。秘密の隠れ家。誰も知らない」

さすがは伝説の鍛冶師。存在自体が厳重に秘匿されている。

「いいのか、秘密の隠れ家なのに、教えてもらっても」

そう尋ねると、サーニャは「いい」と言った。

「あなたは、わたしのつがいだから、ロゼスもきっと認めてくれる」

「そうか、なるほどな。つがいだから……つがい⁉」

驚いて訊き返すと、サーニャはこくりと頷《うなず》いた。

「そう。つがいの契《ちぎ》りを交わした」

つ、つがい？　つがいって、あれか？　夫婦か？　契りを交わした？

「い、いつ？」

「最初に会ったとき。わたしの頭に触れた」

「……もしかして、頭を撫でたやつか……？」

俺が後宮に入って間もない頃。巣から落ちた雛《ひな》を、サーニャが魔術で戻したことがあった。その時に頭を撫でたような……

サーニャはあっさり「そう」と肯定する。

「わたしたちビルハ族の頭に触れられるのは、家族と、将来を誓い合ったものだけ。他の人間なら、その場で手を切り落としている。けれど、あなたは違った。わたしの中の精霊が、触れられてもいいと言った。つがいの契約は成立した」

そうなの⁉

目を白黒させていると、ティティが目をきらきらさせて元気に挙手した。

「ティティも、ロクちゃんに頭なでなでしてもらったよ！　ティティもツガイ？」

サーニャは顔色ひとつ変えることなく頷いた。

「強いオスは、つがいをたくさんもつ。群《ハレム》れが大きければ大きいほど、リーダーであるオスが優れているという証《あかし》。だからあなたも、あなたも、この人のつがい」

ティティと共にご指名されて、リゼが小首を傾《かし》げる。

「あの、つがいとは何でしょう？」

「夫婦のことだね！」

「ふ、ふーふ⁉」

リゼはぽーっと頬を染めながら「ふうふ……ふうふ……」と繰り返し、

「ろ、ロクさま！　末永くよろしくお願いしましゅ！　ひゃあ！」

思いっきり噛《か》んで撃沈している。

それにしても軽率だった。ちゃんと謝って訂正しよう。

「あー、サーニャ」

「着いた」

サーニャが立ち止まった。巨大な岩を指さしている。

一見すると、他の岩と変わりないが……

サーニャはぺたぺたと岩の表面を探っていたが、やがて目当てのものを見つけたらしい。

小さな出っ張りに魔力を流し込む。

岩の一部が動いて、ぽっかりと口が開いた。

「おお」

覗《のぞ》き込む。底の見えない階段が続いている。古い坑道のようだ。

カンテラに魔力《ひ》を灯《とも》して階段を降りる。降りたり登ったり、蟻《あり》の巣のように入り組んだ道を、サーニャは迷うことなく進む。

と、突き当たりに扉があった。ひどく年季の入ったそれを、サーニャが変わったリズムでノックする。すると。

「リリー？　リリーかっ？」

せわしない足音がしたかと思うと扉が開いて、初老の男が現れた。

サーニャを見て目を見開く。

「サーニャ！　サーニャじゃないか！　元気だったか？」

「元気。ロゼスは？」

「ああ、なんとかやってる」

サーニャは室内を覗き込んだ。

「リリーは？」

「………………」

ロゼスは答えず、俺たちを室内に招き入れた。

椅子代わりの木箱に座る。お茶を出してくれたロゼスの手は、硬そうな皮膚に覆われ、やけどやマメが鍛冶の過酷さを物語っていた。

「初めまして、ロクです。突然申し訳ありません」

「ロゼスだ」

リゼとティティも軽く自己紹介をして、サーニャが切り出す。

「ロゼスに、魔導剣を作ってほしい」

「魔導剣を？」

「そう。この人のために」

ロゼスが俺に視線を移した。

「何に使うんだ？」

「魔術を発動できなくて、悩んでいる子がいて……少しでも力になれないかと」

ロゼスは無言のまま、何か考え込んでいる。

俺はアンベルジュを差し出した。

「これもおそらく魔導剣だと思うんですが、ちょっと魔力の消費が激しくて」

鞘《さや》を払うと、ロゼスがぎょっと目を剝《む》いた。

「なんだ、その剣は。四十年鍛冶をやっているが、こんな素材は見たことがない。本当に魔導剣か？」

「はい」

俺は柄《つか》に魔力を込めた。刀身が白銀の輝きを帯びる。

ロゼスが慌てたように手を振った。

「待て、待ってくれ。おい、冗談だろう。そいつは魔剣だ」

「魔剣？」

「人の手で作る魔導剣とは根本的に違う。神話級の得物だ。そりゃあ威力は桁違いだろうが、人には扱えない。燃費が悪すぎるんだ。それこそ底なしの魔力を持つ、神や天人の類でもなけりゃ……」

そんなとんでもない剣だったのか。魔力を吸われるのでおかしいなとは思っていたが。

「お前さん、一体何者だ？　普通なら一瞬で魔力が尽きて死ぬぞ」

それは困る。依頼する魔導剣もフェリスが扱えないのでは意味がない。

「少しの魔力で発動できる剣がいいんですが」

ロゼスは目を伏せて、口を開いた。

「スペルタイトがあれば……」

「スペルタイト？」

「大昔に採れた伝説の鉱物で、魔導剣の素材だ。一時期はすでに採り尽くされたと言われていたが、俺が鍛冶を始めた頃、ここから一山越えた鉱山――ハナマ鉱山で見つかった」

「今も採れますか？」

「おそらく。だが、何年も前からドラゴンの根城になっていて、誰も手が出せない」

ロゼスの顔色が悪い。……何かあったようだ。

サーニャが鋭い声で尋ねる。

「ロゼス。リリーは？」

ティティが「リリーって？」と不安げに口を挟む。

ロゼスが掠《かす》れた声で呻《うめ》いた。

「娘だ。あのバカ、数日前にメモを残して、ハナマ鉱山に向かった。……それ以来、帰ってこない」

「そんな」

珍しくサーニャの顔色が変わった。

リゼが立ち上がる。

「助けに行きましょう」

「もう遅い。今頃はドラゴンか、あるいは魔物の餌食《えじき》になっているだろう。捜しに行ったところで、ミイラとりがミイラになるだけだ」

「大丈夫。この人がいる」

サーニャが俺の袖を摑《つか》む。

リゼもティティも頷いた。

「ロクさまは、異世界からいらした勇者さまなのです」

「とっても強いんだから！　なんでもお任せだよっ！」

「勇者、さま……」

ロゼスは呆然《ぼうぜん》と俺を見つめ——皺深《しわぶか》い顔がくしゃりと涙に歪《ゆが》んだ。俺の手を握り、深々と頭を下げる。

「リリーを……あのバカ娘を、よろしくお願いします」

ロゼスの隠れ家を出て、ハナマ鉱山へ向かう。

途中、分け入った森は全体が光っていた。足下にも、うっすらと光の筋が見える。

「地面に魔力回路が通ってるのか」

かなり魔力の豊富な土地らしい。

道すがら、リゼがドラゴンについて教えてくれた。

「ドラゴンの寿命は長く、悠久の時を生きると言われています。知性が高く、個体によっては意思の疎通もできます。が、人間に敵対するものも多く……」

今回のドラゴンは、果たしてどちらか。

草を切り払いながら歩いていると、頭上から甲高い鳴き声が降ってきた。

『キキキキ！』

空を覆う木の葉の中。真っ赤に燃える目が、俺たちを見下ろしていた。黒い猿の群れだ。

「ブラックテイル！」

ティティが叫ぶと同時、猿たちが俺たち目がけて一斉に飛び降りる。

俺は刀身に魔力を込め、群れに向けて振り抜いた。白銀の刃が何体かをまとめて断つ。

『キキ、キキィッ！』

アンベルジュの一撃を免《まぬか》れた個体が、着地するが早いか飛びかかってくる。

「『炎魔矢《ファイア・アロー》』！」

リゼが魔《マジック・》矢《アロー》を射つが、魔物は木の陰に隠れてしまった。

「むむ！『炎魔矢』！」

避けられたのが悔しかったのか何度か連射するが、木を盾にされてなかなか当たらない。

さすが猿、すばしこい。魔術で仕留めるのは難しそうだ。俺とサーニャで迎え撃ちつつ、一体一体倒していこう。

そう思った時、ティティが吠《ほ》えた。

「『蛇水矢《アクア・スネーク》』！」

放たれた水の矢が蛇行して、木の裏に隠れたブラックテイルを射止める。

「すごいな。いつの間に習得したんだ？」

「こっそり練習してたんだ～！　ロクちゃんの教え子として良いトコ見せたいもんね！」

「す、すごいです、ティティさま！　あとで私にも教えてください！」

「オッケー！」

連携を取りながら、着実に群れを倒していく。

思わぬ猛攻に恐れをなしたのか、ブラックテイルたちは顔を歪めて後ずさり――

『キキキキ！』

群れが一斉に鳴き始めた。

「なんだ？」

リゼたちを背に庇《かば》い、周囲に視線を走らせる。

不穏な気配に耳をそばだて――ずしんずしんと、重たげな足音が近づいてきた。

うっそうと茂った木立の向こう、巨大な影が現れた。

『グォオオォオォオオオ！』

空を破るような咆哮《ほうこう》に、びりびりと肌が震える。

「ハイ・オークだ！」

ティティが引き攣《つ》った声を上げる。

現れたそれはまさに異形だった。三メートルを超える巨軀《きょく》に、豚の頭。巨大な手に掴まれた木の幹が、メキメキと悲鳴を上げる。

「ハイ・オークは魔術を使います、気をつけてください！」

リゼが言い終わるよりも早く、オークの右手から黒炎の矢が放たれた。リゼの眼前まで迫ったそれを剣で弾《はじ》く。

「大丈夫か？」

「は、はいっ！」

『オオオオ！』

俺は剣を構えながら目を凝らした。オークの全身に漆黒の模様が浮き上がる。

やはり、と胸中で呟《つぶや》く。魔物にも魔力回路があるのだ。回路は激しくざわめき、オークが怒り狂っているのが分かる。

俺は細く息を吐いた。全身に魔力を巡らせる。

『グオオオオオオオ！』

オークが咆哮する。黒い魔力が右腕に集まり——

その瞬間を狙って駆け抜ける。すれ違ったのはほんの刹那。銀光と化した刀身が、オークの胴体を両断していた。

断末魔の悲鳴もなく、オークが黒い霞《かすみ》となって溶け消える。

『キ、キキ……！』

ブラックテイルの残党が、蜘蛛《くも》の子を散らすように逃げていった。

魔物の気配がないのを確かめて、剣を納める。

魔物の魔力を視《み》ることができると分かったのは大きな収穫だ。魔力の動き、つまり予備動作さえ把握できれば、どんな敵でもかなり有利に戦える。身体強化《ブースト》も実戦で使えるレベルになってきた。

と、リゼたちが駆け寄ってきた。

「ロクさま、また強くなってませんか⁉　短時間で腕を上げすぎでは⁉」

興奮するリゼの隣で、ティティが目をきらきらさせる。

「ねえ、ロクちゃん。今度、ギルドに登録してみたら？」

「ん？　なんでだ？」

「絶対、そこら辺の冒険者より強いから。クエスト取り放題だと思うよ！」

「私もそう思います！　なんというか、ロクさまと一緒だと、安心感がすごいです！　きっとたくさんの人が、ロクさまのお力を必要としています！」

「わたしのつがいが今日もかっこいい」

ありがとう、と言いつつ頬を掻《か》く。ギルド登録か。今の自分のレベルも気になるし、誰かの力になれるなら願ってもない。機会を見て登録してみよう。

歩くことしばし。木々の先が明るくなってきた。森の出口だ。

俺はふと立ち止まった。

「どうしたのですか、ロクさま？」

「何か聞こえないか？」

耳を澄ます。ふいごのような音だ。巨大な生き物の寝息にも思える。

木の陰から、そっと顔を覗《のぞ》かせる。

切り立った岩場の底に、金色のドラゴンがうずくまっていた。

「ひ……！」

リゼが悲鳴を上げかけたのも無理はない。おそろしく巨大なドラゴンだ。軽い山くらいある。ハイ・オークさえひとのみにできそうだ。

だが——俺は眉をひそめた。

かなり弱っている。巨体に対して、流れる魔力量が明らかに少ない。

木の陰から出て、そっと歩き出す。

「ロクさま⁉」

「ここで待っててくれ」

ついてこようとするリゼたちを制し、ゆっくりと近づく。

ドラゴンが目を開いた。丸太のような首をゆっくりともたげる。すごい迫力だ、山が動き出したような錯覚を起こす。

「う、わ……」

ティティの悲鳴が背後から聞こえてきた。

ドラゴンはは虫類独特の細長い瞳孔で俺を見据え、牙を剝《む》いた。

『何をしにきた、人間』

重々しい声が響く。まるで脳内に直接流し込まれているかのようだ。

「ろ、ロクちゃん、ドラゴン怒ってるよー！」

「戻ってきてください！」

「いや……」

俺はドラゴンの魔力回路に目を凝らした。威圧的な声に反して、魔力は静かに巡っている。どうやら見た目ほどには怒っていないようだ。

魔力回路を注意深く観察しながら、両手を上げる。

「突然すまない。だが、俺たちは、貴方《あなた》に危害を加えるつもりはないんだ」

そう言いつつ、そっと手を差し伸べた。ドラゴンが立ち上がろうとする。

『何を――』

「待って。動かないでくれ。俺の魔力を流し込む、少しは楽になるはずだ」

『お前の魔力を？　そんなことできるわけが――』

俺はドラゴンの首に手のひらを押し当てた。ひんやりと冷たい。意識を集中する。触れ合った皮膚を通して、魔力が通い始めた。

『！　これは……』

薄れかけていた魔力回路が、次第に本来の機能を取り戻していく。ドラゴンがぴくりとまぶたを震わせた。

『よせ、もういい』

「いや、まだ足りないはずだ」

『やめろ。人の身でドラゴンの魔力を賄うつもりか？　死ぬぞ』

「あいにく、量だけはたっぷりあるんだ」

俺はそう笑って、出力を上げた。鱗《うろこ》に覆われた巨体に白銀の魔力が巡り、膨大な回路が魔力で満ちていく。やがて、ドラゴンの身体《からだ》が眩《まばゆ》く輝き始めた。

「……よし」

魔力が充分に回復したのを確認して、手を離す。

ドラゴンはゆっくりと翼を広げた。驚いたように、自らの巨体を子細に観察する。

『こんなに清々《すがすが》しい気持ちになるのは数年ぶりだ。まさか、人に助けられるとはな』

「一体どうしてここに？」

『我としたことが、魔族にやられてな。失った魔力を補給しようと、魔力量の豊富なこの山に来たが、傷も癒えず、このまま朽ち果てるだけかと覚悟していた。が、おかげで助かった。礼を言う』

金色の瞳が細められる。

『そなたらこそ、なぜこの山に？』

「人を捜してて。ええと」

「女の子。わたしと同じくらいの年」

気がつくと、サーニャが隣にいた。リゼとティティも俺の袖を握って、おっかなびっくりドラゴンを見上げている。

『そういえば、二日ほど前にちんまいのが来たな。そこの穴に潜っていったようだが』

ドラゴンのすぐ横に、坑道があった。

サーニャが「見逃してくれたの？」と尋ねると、ドラゴンは喉を鳴らして笑った。

『なにしろ眠かったのでな。向こうから危害を加えようとせん限り、興味はない』

礼を言って坑道に入ろうとして、慌てて引き返す。

「それと、スペルタイトを探してる。魔力を通す特殊な鉱物だ」

『これか』

ドラゴンが立ち上がった。そこには、銀色に輝く石が敷き詰められていた。

『こいつを通して山の魔力を吸い、回復に使っておった。が、おかげでもう必要ない。お前たちに譲ろう』

礼を言って、スペルタイトを袋に詰める。

『ついでに、こいつをくれてやろう』

ドラゴンはそう言って、透き通る金色の欠片《かけら》を俺の手に載せた。

「りゅ、竜の鱗だ！」

ティティがぴょーん！　と飛び上がる。

「や、ヤバいよロクちゃん、それ売ったら大金持ちだよ！　一生遊んで暮らせるよー！」

そんなにすごいものなのか。ありがたい。後宮に何かあった時のためにとっておこう。

ドラゴンは愉快げに喉を鳴らして、大きく翼を振った。

『我が名はザナドゥ。縁があればまた会おう』

ザナドゥが飛び立つ。俺たちは手を振って、風と共に舞い上がるその姿を見送った。

リゼは「まさか、ドラゴンさえ懐柔してしまうなんて……」と放心している。

「でも、無理をなさらないでください、心臓が止まるかと思いました」

「悪かった」

涙目のリゼの頭を撫《な》でると、リゼはぽわわと頬を上気させた。

足下に気をつけながら坑道を進む。

十分ほど経《た》った頃、カンテラの明かりの中で、つるはしを振るうポニーテールの少女がいた。足音に気付いたのか、ハッと振り返る。

「だ、誰だ！」

その瞳が、驚きに見開かれた。

「サーニャ！」

「リリー」

二人は固く抱き合った。

「なんでここに！　ドラゴンは……」

「この人が話をつけた」

「⁉」

「ロクです、はじめまして」

リゼとティティも、軽く自己紹介をする。

「リリーです、初めまして」

「戻ろう、リリー。ロゼスが心配してた」

しかしリリーは、サーニャに答えずうつむいた。

優しく尋ねる。

「どうして危険をおかしてまでここに？」

「……親父《おやじ》にもう一度、槌《つち》を握ってほしくて」

リリーは拳を握り、ぽつりぽつりと答えてくれた。

「優れた魔導剣を鍛造することが、親父の夢だったんです。けど、親父の造った魔導剣を巡って争いが起きて……それ以来、親父は剣を鍛えるのをやめてしまった。そのうち鉱山にもドラゴンが住み着くようになって……」

リリーは泥で汚れた頬を拭った。

「良質なスペルタイトがあれば、また槌を握ってくれるかもと思ったんだ。けど、無駄足だった。サーニャや皆さんに、迷惑を掛けてしまった」

「迷惑なんかじゃない」

サーニャが言って、袋を開いた。

リリーが瞠目《どうもく》する。

「それは、スペルタイト⁉　こんなにたくさん……」

「帰ろう、リリー。ロゼスは剣を鍛えてくれる」

サーニャの言葉に、リリーは目に涙をためて頷《うなず》いた。

「うん」

リリーの姿を見るなり、ロゼスは駆け寄ってきつく抱きしめた。

「この、バカ娘……！」

「ごめんなさい」

その短いやりとりだけで、父娘《おやこ》の絆《きずな》は固く結び直されたらしい。

スペルタイトを差し出すと、ロゼスは驚きながら受け取った。

「これだけあれば充分だ」

ロゼスの「どんなやつが剣を使うんだ」という問いに、できるだけ細かく答えた。腕力はそれほどない、魔力もあまりない。でも、おそらく魔術への想《おも》いは人より強くて、ちょっと落ち込みやすい。繊細で傷つきやすくて、けど、とても頑張り屋の女の子。

ロゼスは「分かった。待ってろ」と請け負ってくれた。

完成にはおよそ一週間かかるらしい。ロゼスとリリーは作業場にこもり、俺はその間、近くの魔物を倒したり川から水を汲《く》んだり、リゼたちも料理や洗濯、掃除といった家事をこなしつつ、魔術を鍛えて過ごした。

そして六日目の夜。

喉が渇いて目が覚める。台所で水を飲んだが、何だか目が冴《さ》えてしまった。風に当たろうと外に出る。

岩の上に、小さな姿があった。サーニャだ。膝を抱えて、どこか遠くを見つめている。

その横顔が、なんだか寂しそうで——

「眠れないのか？」

サーニャが振り返る。小さくこくりと頷いた。

岩に登って、隣に座る。

「すごい星だな」

藍色の空一面に、星が輝いていた。まるで銀砂を撒《ま》いたようだ。

冷たく乾いた風が頰を撫でる。

ふと、小さな頭が肩に寄り添った。

「ん？」

「あなたとわたしは、もう契《ちぎ》りを交わした。遠慮せず、たくさんなでるといい」

「あ、ええと、それなんだけど」

口ごもっていると、サーニャはぐりぐりぐりと頭を擦《こす》り付けてきた。

「いてててて」

「なぜなでない」

「いや、あの」

人形のように整った顔が、俺を覗《のぞ》き込む。

「……なでて」

金色に透き通る瞳が、潤んでいるように見えて。

そっと頭をなでると、サーニャは嬉《うれ》しそうに目を細めた。


サーニャを部屋に送り届けて、自分の部屋へ向かう。

途中、作業場を通りかかった。覗き込むと、リリーが毛布にくるまって眠りこけていた。

ロゼスが顔を上げる。

「誰だ？」

「すみません、邪魔しちゃって」

「いや、ちょうど一段落ついた。茶でも淹《い》れよう」

湯気を立てるカップを見つめながら、ロゼスが口を開いた。

「サーニャは――あの子は、ビルハ族という少数民族の、たった一人の生き残りだ」

「騎馬の民と呼ばれていてな。家族同士強い絆で結ばれた、勇壮でいいやつらだった。だが、みな魔族に狩られ、あの子しか残らなかった。うちに来るよう誘ったんだが、断られてな。そのうち姿を見なくなって、どうしているのかと思っていたが……」

「そう、ですか……」

俺は目を伏せた。以前マノンに、後宮に入る少女の中には、人買いに拐《かどわ》かされた子もいると聞いた。サーニャも、一人彷徨《さまよ》っていたところを連れ去られたのかもしれない。

ロゼスは俺を見て、目を細めた。

「だが、いい家族に巡り会えたようで良かった」

いつか聞いた、サーニャの言葉が蘇《よみがえ》る。

『わたしたちビルハ族の頭に触れられるのは、家族と、将来を誓い合ったものだけ』

右手に、細くさらさらとした髪の感触が残っている。

――家族を奪われ、たった一人残された、小さな女の子。もしも俺が、サーニャにとって安心できる、家族のような仲間に居場所《いばしょ》になれるのなら――

ロゼスが一振りの剣を引き寄せる。

「もう二度と、自分が鍛えた剣で人が傷つくのは見たくない。そう思って槌を措《お》いた。だ

「……――」

が、お前さんになら任せられそうだ」

差し出されたそれは、美しい細剣《レイピア》だった。驚くほど軽い。柄《つか》には美しい装飾。

流麗な刀身を見つめながら、フェリスによく似合いそうだと思った。

「俺の剣を、そしてサーニャを、よろしく頼む」


出立の朝。

「本当にありがとうございました」

深々と頭を下げると、ロゼスは笑った。

「礼を言うのはこちらの方だ。まだスペルタイトが余ってる。他にも何振りか鍛えられそうだ。完成したら届けさせるよ」

「ロクさん、本当にありがとうございました。またいつでも来てください。親父と二人で、待ってます」

礼を言い、固い握手を交わして、二人と別れた。ロゼスの手は硬く、温かかった。

元来た道を戻る。サーニャはいつも通り無表情だが、なんだかちょっと元気になったように見えた。

後宮に着いたのは深夜だった。他の姫たちを起こさないよう、こっそり門をくぐる。

懐《なつ》かしい空気を吸い込んで、ほっと息を吐《つ》いた。帰る場所があるという安心感とありがたさが身に染《し》みる。

帰還報告は明日することにして、ひとまず解散した。

「みんな、本当にありがとう。今日はよく休んで」

「はい、おやすみなさいませ」

リゼたちと別れて、俺は部屋へと歩き始め――

「ロクさま?」

振り返る。月明かりの庭に、フェリスが立っていた。

俺が「フェリス」と笑うと、驚いたような表情が、みるみる喜びに染まった。

「お戻りになったのね。ご無事で良かった」

「こんな時間に、どうしたんだ?」

「あの、魔術の練習をしようと思って。ロクさまが戻られる前に、少しでも使えるようになれればと思ったのだけれど……」

フェリスは恥ずかしそうにうつむく。きっとあれから特訓に励んでいたのだろう。そのいじらしさに、胸が苦しくなった。

「これを」

庭に降り、細剣を差し出す。

「これは？」

「魔導剣——フェリスの剣だ。鍛冶師にお願いして造ってもらった」

翡翠《ひすい》色の目が見開かれる。

「私の、ために……？」

「リゼとティティ、サーニャが頑張ってくれたよ」

フェリスは驚きと喜びを交えた表情で美しい細剣を見つめていたが、はっとうろたえた。

「あ、あの、でも私、魔導剣なんて、持ったことも……使い方も分からなくて」

「大丈夫」

手を重ねるようにして柄を握らせる。フェリスが頬を染めた。刀身を鞘《さや》から引き抜く。

「集中して。少しずつ、剣に力を流し込むイメージだ」

フェリスが頷き、教えた通り、深い呼吸を繰り返す。やがて、刀身が金色に輝き始めた。

最初は微《かす》かに、次第に眩《まばゆ》く。細く、か弱く、けれど凛《りん》と美しい、黄金色の光輝。

「これが、フェリスの魔力だ」

「私、の……」

剣は眩く輝いている。その表面に、ぱちぱちと金色の火花が散っていた。

俺は「そうか」と呟《つぶや》いた。

「フェリスの魔力は、火、水、風、土のどれにも当てはまらなくて不思議だったんだけど、今分かったよ。雷属性だったんだな」

「それって……」

フェリスが目を見開く。属性の中には、四大元素の他にも、光や氷、毒といった希有《けう》なものがある。雷もその一種で、発現することはとても希《まれ》だ。

「綺麗《きれい》だな」

そう笑うと、フェリスが声を詰まらせた。

輝く剣を胸に抱き、振り絞るような声でささやく。

「ありがとう。私なんかのために」

「なんかじゃないよ。フェリスは努力家で、いつも一生懸命だ。頑張り屋のフェリスだから、応援したいと思ったんだ」

翡翠色の双眸《そうぼう》が、星を宿して揺れる。涙の膜が雫《しずく》になって零《こぼ》れるより早く、ほっそりとした身体《からだ》が、俺の胸に飛び込んできた。

「フェリス？」

腕の中のぬくもりは、小さく震えていた。か細い背中をそっとさする。

「ロクさま。ありがとう。私、全身全霊をかけてお仕えします。私の勇者さま……」

潤んだ声に、黙ってその髪を撫《な》でた。

「剣舞、見せてくれないか」

そう言うと、フェリスは涙を拭って笑った。

「ええ、喜んで」

眩い刀身がひゅんと唸《うな》り、軽やかに空を斬った。

草木も寝静まった、夜の庭。咲き誇る花の中で、フェリスが舞うように剣を振るう。洗練され、磨き抜かれた舞。細くたおやかな手に握られた剣が、黄金の軌跡を描く。絹のような金髪が夜風に翻《ひるがえ》って、麗《うるわ》しく舞う姿はまるで月の妖精のようだった。

第五章　ダンスパーティー

大陸樹を祀《まつ》る、銀果宮《アステル・パレス》。

「手こずらせやがって」

しつこく腕にまとわりつく火花を払って、リュウキは呟いた。その手には神器、斬魔剣ダイディストロンが握られている。この期《ご》に及んで何が不服だというのか、リュウキの手を弾《はじ》こうするのを、半ば強引に手中に収めたのだ。

「いよいよですわね、リュウキさま」

名実ともに勇者となったリュウキに、王女ディアナが寄り添う。

神器は手に入れた。パーティーメンバーには、選《え》りすぐられた歴戦の冒険者が集った。

ようやくだ。ようやく駒が揃《そろ》った。

『女神の慧眼《けいがん》』に手をかざす。

【片桐《かたぎり》　龍騎《りゅうき》　二十歳　男

レベル：85
ＨＰ：１５９００／１５９００
ＭＰ：２３０００／２３０００
攻撃力：３６５
耐久力：４５２……】

ずらりと並んだステータスは、今やリュウキこそがこの大陸最強であることを示していた。スキルや魔術こそ召喚時から増えていないものの、どうでもいい。神器と極大魔術さえ備わっていれば、些末《さまつ》なことだ。

半月後には北征を控えている。北の魔族、『暴虐のカリオドス』は魔族の中でも強大な力と支配力を誇ると聞く。魔王討伐の前の腕試しにちょうどいい。

その時、兵士が入ってきて膝を突いた。

「王女殿下。後宮で動きが」

「いつものアレでしょう。捨て置きなさい」

リュウキはまたかと舌を打った。兵士を通して、時折後宮の情報が入ってきていた。なんでもあの男が後宮の少女たちを集めて、謎の訓練をしているとか。さらにこのところ、彼女たちを連れて旅に出ているという。魔術も使えない無能者が、ただおとなしく引きこもっていればいいものを、わずらわしい。

三ヶ月前に後宮を追い返された屈辱が不意に胸をよぎって、リュウキはぎりぎりと奥歯を鳴らし――「そうだ」と呟く。

「出立式に、あいつも呼んでやろうか」

北征の成功を祈って、一週間後に出立式が開かれることになっていた。国内の貴族はもちろん、他国からも賓客が招かれ、ダンスパーティーも催されるらしい。誰が救世主なのかを知らしめるいい機会だ。

リュウキの言わんとすることを察したのか、王女がにっこりと微笑《ほほえ》む。

「それはいい考えですわ。せっかくでしたら、後宮の姫も同伴させましょう。教養も品もない田舎者ばかりですから、おのおのご自身の立場をわきまえ、教養を身につける良い機会になりましょう」

リュウキは喉を鳴らして笑った。

どんなに掃きだめでちやほやされたところで、しょせんは魔術も使えない無能な一般人。格の違いを見せつけてやる。

◆　◆　◆

「出立式の招待状？」

「はい」

日課の魔術講座が終わった後。マノンに手渡された封書に目を通す。

いよいよ片桐が北征に赴くとのことで、五日後に王宮で出立式が催されるらしい。それはとてもおめでたいことだが……

「うーん、正装か」

あいにく正装など持っていない。平服で出席するのは失礼に当たるし、リゼたちに恥をかかせてしまいかねない。俺が下手を打てば、後宮の評判を下げることになってしまう。

「残念だけど、出席は見送ろうか」

「お待ちください、ロクさま！」

俺の返事を遮って、リゼがえへんと胸を張る。

「何を隠そう、我がベイフォルン領は大陸に名だたる白露絹の名産地！　ロクさまに相応《ふさわ》しい、とびきりの逸品を取り寄せます！」

「それでは、仕立てはお任せください。レイラーク家出入りの職人たちを呼びましょう」

「ティティは良い装飾具がないか、知り合いの行商人に聞いてみるよ！」

あれよあれよという間に段取りが整う。す、すごい。ありがたい。

「でも、みんなの家って結構遠いよな」

ふと疑問を口にすると、フェリスが答えてくれた。

「郵便商に頼むの。遠方に物を送り届けることを専門としている商人よ。特に急ぎの届け物は、『転送陣』を使えば、どんなに遠くても一瞬で届くわ」

つまりは速達か。

「ただし、転送には莫大《ばくだい》な魔力が必要だから、その分料金に上乗せされるのだけどね」

なるほど。今度王都で竜《ザナドゥ》の鱗《うろこ》を換金してこよう。

……いや、待てよ？　転送って、俺にもできるのかな？　莫大な魔力が必要ってことは、逆に言うと、魔力さえあれば使い放題ということだ。幸い俺は魔力量だけはあるようだし（というか、今のところほぼ無限に使える）、うまくすれば転送し放題になるのではないだろうか。もしそうなら、色々と有効に使えそうだ。

思考を巡らせていると、マノンが手紙に目を落とした。

「ダンスパーティーも催されるようですね。後宮の姫を四人同伴してお越しくださいとのことですが、誰をお連れになりますか？」

「四人？」

首を傾《かし》げる。なぜ四人も同伴させてくれるのだろう。俺としては願ってもないが……

「ティティはダンス踊れないから行けないや。残念だよ」

しょんぼりするティティの横で、サーニャも「わたしも」と寂しそうにしている。

するとリゼが二人の手を取った。

「ティティさま、サーニャさま。私で良ければお教えします」

「わあ、ありがとうリゼちゃん！　よーし、猛特訓だー！」

となると、問題は俺だ。

「ロクさまは、ダンスのご経験はおありですか？」

「それが、ちゃんと見たコトすらなくて」

マノンはにっこり笑って、「お任せください」と指を鳴らした。

「アンジュ」

「は。ここに」

「うわ！」

いつの間にか、マノンの侍女――アンジュが音もなく立っていた。クールな佇《たたず》まいだ。

「アンジュは私が幼い頃からダンスの練習相手を務めてくれていたので、男性パートを踊れるのです。アンジュ、男性パートを見せてさしあげて」

「かしこまりました」

マノンのカウントに合わせて、アンジュが踊り始めた。あまりにも優雅で見とれてしまう。果たして俺に踊れるのか……

「って、そうだった」

アンジュに魔力を移して、ダンスの記憶をトレース。魔力を回収して、動きをそのまま再現してみる。

アンジュが「ほう」と目を見開いた。マノンもびっくりしている。

「ロクさま、これはいったい……」

「今のは、アンジュの動きをトレースしたんだ」

「トレース、ですか？」

「そう。人に魔力を移して、魔力に残った記憶を頼りに、動きを再現できる」

「そんなことが……」

説明しながら、ふと、さらに応用できないかと思いつく。

「リゼ、アンジュと踊ってくれるか」

「え？　は、はい」

リゼとアンジュが手を取って踊り始める。……女の子同士のダンスっていいな。

「よし。リゼ、ティティ。手を貸してほしい」

「は、はいっ」

「えへへ、ロクちゃんの手、大きくてあったかいねー」

二人と手を繋《つな》いで魔力を循環させた。リゼのダンスの記憶を取り込み、ティティに流す。

「ティティ、アンジュと踊ってみてくれ」

「？　うん」

ティティは怪訝《けげん》そうな顔で、一歩踏み出し――

「わぁ、踊れる！　ティティ、ダンス踊ってるよ！　すごい、お姫さまみたーい！」

小さな足が、軽やかにステップを踏む。嬉《うれ》しそうにくるくると回る姿は、水面《みなも》で弾《はじ》ける光のようだ。

良かった、成功したみたいだ。

「ただし、魔力の記憶はそんなに長く保《も》たないから、繰り返し練習してもらわなきゃいけないんだけど」

「うん！　ティティ、たっくさん練習するよ！」

続いて、そわそわしているサーニャにも同じようにトレースした。

本当に便利だな。魔術講座にも応用すれば、かなりはかどりそうだ。

一部始終を見ていたマノンが、感極まったように吐息をつく。

「何と言えば良いのか……本当に、すごい方ですね」

「全然すごくないよ。人の力を借りてるだけだし」

「それがすごいのです。魔力を支配するということは、命を支配することと同義。本能レベルで抵抗があっても不思議ではありません。それを、ロクさまは難なくやってのける。これはロクさまのお人柄と、ロクさまへの信頼があってこそです」

「そうなのです、ロクさまはすごいのです！」

なぜかリゼが誇らしげにしている。俺は照れくさくて頭を掻《か》いた。

「それじゃあ、メンバーはリゼとティティ、サーニャ、あと……」

何か言いたげにもじもじしているフェリスを振り返る。

「フェリスも来てくれるか？」

「！　ええ、喜んで！」

四人は嬉しそうに膝を折った。みんな誇らしげに頬を染めている。

マノンがぱちんと手を合わせる。

「さあ、ダンスだけではありませんよ。他にも覚えなければならないマナーがたくさんございます。本番までにみっちり叩《たた》き込みますから、そのおつもりで」

どうやらスパルタ教室が始まりそうだ。

「よーし！　出立式まであと五日！　がんばるぞー！」

ティティの掛け声に合わせて、おー！　と元気な合唱が響き渡った。

◆　◆　◆

宮廷楽団の奏《かな》でる音楽が、ダンスホールを柔らかく包み込む。

代わる代わる挨拶に訪れる賓客に対応しながら、ディアナは胸中で呟《つぶや》いた。

（後宮の者たちは、まだ来ていないようですね）

国を挙げた絢爛《けんらん》な出立式。貴族たちが集まる会場を見渡す。

（後宮の中でまともな教育を受けている令嬢は、家格からいってもレイラーク侯爵令嬢とアルシェール辺境伯令嬢のみ。あとは下級の貧乏田舎貴族か、宮廷のマナーも知らぬ下民のみ。いくら招待状が届いてからダンスを練習したところで、所詮は付け焼き刃。四人選抜すれば、恥をかくことは必至）

ディアナはこの国の第一王女として生をうけた。生まれながらにして高貴。生まれながらにして特別。誰もが崇《あが》めるもっとも崇高な存在。

それなのに。

幼い頃、父に聞かされた神話に出てくるのは、神姫《じんき》たちばかりだった。

なぜ王女でもない女たちがもてはやされるのか。なぜ王の血筋を引かない女たちが、世界を救ったと崇められるのか。

これを機に後宮の評判を下げ、取り潰してしまえば、間違った神話は消える。自分の名は、勇者を支えたただ一人の聖女として語り継がれるだろう。

(勇者さまを支え、大陸の聖母となるのは、ただ一人。私だけで充分)

ディアナは胸中でほくそ笑み——その時。

入り口付近でざわめきが広がった。

◆　◆　◆

「おお、あの御一行は一体……」

「なんてお美しいの。まるで咲き誇る花のよう。一体どちらのご令嬢かしら」

「殿方のお召し物も素晴らしい。きっと名のある貴族でいらっしゃるのだろう」

俺は、マノンに教わった通り笑顔でリゼたちをエスコートしつつ、冷や汗を流した。

なんだか、ものすごく注目されている。

ちらりと自分の格好を見下ろす。繊細な金の装飾が施された礼服に、上品な色合いのマント。腰には一目でハイグレードとわかる、儀礼用のサーベル。

「完全に着られてるって感じだな」

苦く笑うと、リゼが首を振った。

「そんなことございません、とてもお似合いです！」

そう力説するリゼは、淡いピンクのドレスに身を包んでいた。耳と胸元を飾るのは、瞳と同じ眩いルビー《深紅》。薄く色づいた唇に、珊瑚《さんご》色に艶《つや》めく爪。ふんわりと柔らかく広がるフレアスカートが、リゼの可憐《かれん》さを引き立たせている。いつも下ろしている髪をシニヨンにまとめているせいか、首や肩の細さが際立《きわだ》って、どきまぎするほど可愛《かわい》い。頬を上気させた瑞々《みずみず》しい表情に空気まで華やいで、まるで周囲に花が咲いたようだ。

リゼは隣を歩くフェリスに目配せした。

「ね、フェリスさま！　私たちのロクさまが、一番素敵ですよね！」

「（そ、そうね。とてもいいと思うわ）ふぁぁぁっ、ロクさまかっこいいかっこいいかっこいい……っ」

「あ、ありがとう」

大丈夫か、台詞《せりふ》と心の中が逆になってないか？

フェリスは翡翠《ひすい》色の瞳を宝石のように輝かせて、俺を見つめている。その身に纏《まと》うのは、気品溢《あふ》れるシャルトルーズイエローのドレス。細身で優美なシルエットをここまで完璧に着こなせるのは、フェリスをおいて他にいないだろう。胸元では小ぶりなトパーズが上品な煌《きら》めきを放っている。絹のような髪を美しく結い上げたすらりとした佇まいは、月の女神そのものだ。

可憐な乙女と絶世の美女を独り占めしている俺に、紳士たちの羨望《せんぼう》の視線が突き刺さる。

(どうも慣れないな)

頬を掻きつつ、隣のティティに目を移した。

ティティはうつむきがちに俺に寄り添っている。華奢《きゃしゃ》な身体《からだ》を包むドレスは、東洋風の生地にレースをたっぷりとあしらった特注品。透明感のあるゼニスブルー《夏海色》は、ティティのイメージにぴったりだ。飾り結びや蓮《はす》の花を使った異国情緒溢れるアクセサリーが、隊商出身のティティらしくてまた愛くるしい。髪を編み込み、ヒールを履いた姿は、いつもより少し大人びて見える。

……が、妙に口数が少ない。いつもの元気印はどこへやら、足取りも何だか大人しい。

（おすましてるのかな？）

なんて一瞬ほのぼのしたが、よく見ると魔力回路ががちがちに固まっていた。

背中に手を添えて、ゆっくり魔力を流し込む。

ティティはほっとしたように俺を見上げて、「ありがと、ロクちゃん」とはにかんだ。

「ティティも緊張するんだな」

「するよ。もし変なことして、ロクちゃんに迷惑かけたらヤだもん」

頰を膨らませる様子まで可愛くて笑ってしまう。

「そんなの、気にしなくていいのに。サーニャを見てみろ」

サーニャは涼しげな顔ですたすたと歩いていた。侍女に着せられたアイスグリーンのドレスには、繊細な刺繡《ししゅう》が施されている。軽やかな生地は草原に吹く風を連想させて、小柄な身体によく似合っていた。金色の瞳に合わせたゴールドのカチューシャがティアラのように輝き、薄く化粧をした横顔は異国の高貴な姫君みたいだ。初めてドレス姿を見たが、一風変わったデザインを見事に着こなしている。

まっすぐに頭をもたげ、レッドカーペットを恐れ気なく歩くその姿は、ご令嬢たちの注目を集めていた。

「見て、あのご令嬢。とてもミステリアスな佇《たたず》まいでいらっしゃるわ」

「脇目も振らない、あの気高いお姿。きっと高貴な御方《おかた》なのね」

本人はいつも通りマイペースなだけなのだが、良いように解釈されているようだ。

な？　と片目をつむると、ティティは蒼《あお》い瞳を細めて、ふふっと笑みを零《こぼ》した。

それにしても、と、改めてリゼとフェリス、ティティ、サーニャを見やる。みんな本当に可愛い。並み居る令嬢たちのなかで、いっそう煌びやかに輝いている。

「みんな、ドレス、すごく似合ってるよ」

そう言うと、リゼたちは頬を染め、より華やかに胸を張った。

しかしまさか、こんな形で王宮に戻ることになるとは。いろんな意味で感慨深い。

そんなことを考えていると、出立式が始まった。

王女ディアナが高らかに宣言する。

「異世界からの召喚者、カタギリリュウキさまが、ついに神器ダイディストロンを手に入れられました。ここに正式な勇者の誕生を祝し、また記念すべき北征の成功を祈って、出立式を開催いたします」

片桐が、国王から祝福の印を受ける。

その背後にはパーティーメンバーが控えている。槍術《そうじゅつ》士の男に、魔術士が男女一人ずつ。魔族に挑むには人数が心許《こころもと》ない気がするが、少数精鋭ということか。

「おお、あれが神器ですか」

「なんと堂々とした偉容。さすがは勇者さま」

賞賛の中、片桐が会場を睥睨《へいげい》する。一瞬だけ俺と目が合い――片桐は俺を睨《にら》むと、ふんと鼻を鳴らして笑った。

思わず苦笑する。相変わらず元気《そう》で何よりだ。

サーニャが片桐を指さして「首を掻き切ればいい？」と尋ねるので、俺はそっとその手を下ろさせた。

「それでは、ダンスパーティーに移ります。どうぞ優雅なひとときをお楽しみください」

宮廷楽団が音楽を奏で始める。

俺はリゼに手を差し出した。

リゼが微笑《ほほえ》んで手を取り、音楽に合わせて踊り始める。リゼの足運びは軽やかで、俺のぎこちないリードにぴったりとついてきてくれた。

周囲からおお、と感嘆の声が上がる。

華奢な足が楽しげにステップを踏み、細い腰が美しくしなる。宝石のごとく輝く瞳が、愛《いと》おしそうに俺を見つめた。

「ロクさま。私、嬉《うれ》しいです。こうしてロクさまと踊れる日が来るなんて」

重なる指先が、ぬくもりが、まなざしが、溢れるほどの喜びを伝えてくる。柔らかな身体を俺に任せて、リゼは花のようにくるくると舞った。

「まあ、なんて可憐で麗《うるわ》しいのでしょう。まるで花の精のよう」

賞賛のささやきが、波紋のように広がっていく。ホール中の誰もが俺たちに釘付《くぎづ》けになっている。こんなに注目を浴びるのなんて人生で初めてだ。

と、視界の端で、フェリスがダンスに誘われているのが見えた。絶世の美女の返答に、周囲の人々が注目している。

フェリスは礼儀正しく頭を下げた。

「お誘いありがとうございます。ですが、申し訳ございません。私のパートナーは、あの方のみと心に決めております」

自然、俺に注目が集まる。興奮したざわめきが広がった。

「あれほどの美女を虜《とりこ》にするとは。あの殿方はいったい……──」

その時。

つまらなそうに椅子から眺めていたリュウキが立ち上がった。

開け放たれたバルコニーへ歩み寄り、外に向けて手をかざす。

「リュウキさま⁉」

ディアナが叫ぶより早く。

「『紅蓮炎《フレイム・スール》』！」

夜空に紅蓮《ぐれん》の華が咲く。轟音《ごうおん》が肌を震わせ、爆風がテーブルの上の皿をなぎ払った。

「お、おお……」

凄《すさ》まじい威力に、客たちがおののく。

張り詰めた空気の中、片桐が俺を見据えた。

「てめェも何かやってみろ」

「え？」

「お前もオレと同じ、異世界から召喚された勇者だろ？」

招待客がざわめく。

「なんと、リュウキさまの他にも勇者が？」

「なぜリュウキさまとご一緒に、北征に赴かれないのか……」

怪訝《けげん》な視線を充分に集めてから、片桐が「ああ、違うか」と口を歪《ゆが》めて笑う。

「勇者じゃなかったな。神器もなけりゃ、魔術も使えない無能だもんなぁ、お前は？」

貴族たちの間に、戸惑いの声が広がる。

「え？　どういうことですの？　勇者なのに、魔術が使えない？」

不穏なざわめきの中で、リュウキは俺にだけ聞こえる声で低く唸《うな》った。

「勘違いするなよ。お前はオレの引き立て役。無能は無能らしく、何もできませんすみませんと、無様に泣いて這《は》いつくばれ。そうすりゃ許してやるよ」

なるほどな、と胸中で呟《つぶや》く。薄々そうではないかと思っていたが、どうやら俺に恥を掻《か》かせるために招待したらしい。アンベルジュがあれば魔術を見せることもできるが、よしんば何かして見せたところで、片桐は難癖を付けてくるだろう。リゼたちを巻き込むのは避けたい。俺が頭を下げて事が収まるなら安いものだ。

「俺は――」

口を開きかけた時、凛《りん》とした声が響き渡った。

「この素晴らしき式に興を添える機会を頂けるとは、ありがたき幸せ」

リゼが天使のように微笑んで、客人たちに向かって軽やかにお辞儀をする。

「みなさま、お初にお目に掛かります。私たちは、後宮に務める神姫《じんき》です。主《あるじ》であるロクさまに代わって、ちょっとした魔術と、舞を一差し、披露させていただきましょう」

「は――」

片桐に口を挟む隙を与えず、フェリスが進み出た。

「ロクさま。サーベルをお借りしても？」

フェリスは俺からサーベルを受け取ると、すらりと抜いた。

「御三方、お願いいたします」

フェリスの視線を受けて、リゼとティティ、サーニャが頷《うなず》く。それぞれ魔術を発動させ
――フェリスのドレスに、小さな光の粒がきらきらとまとわりついた。

招待客が息を呑《の》む。

「まあ、かわいらしい」

「なんと繊細で美しい魔術だ。浮魔球《スペル・ボール》の応用《アレンジ》か？」

俺はふっと目を細めた。壁際《かべぎわ》に待機している宮廷魔術士に声をかける。

「明かりを落としてもらえますか」

魔術士たちが、慌てて魔石《シャンデリア》の明かりを下げる。

淡く輝く光の粒子に包まれて、フェリスが静かに舞い始めた。

誰かが「剣舞……」と呟く。

サーベルが淡い光を帯びながら、滑らかな軌跡を描く。ドレスの裾がひるがえる度に、きらめく粒子が弾《はじ》ける。美しく伸びやかな、まるで妖精のたわむれのような剣舞。

貴族たちから、押し殺した感嘆の声が上がる。

宮廷楽団の一人が曲を奏《かな》で始めた。一人、また一人と加わって、流麗な音楽が、フェリスの舞を彩《いろど》り始める。

見とれている観客に向かって、リゼが両腕を広げた。

「さあ、みなさまも」

女性客のドレスに、きらきら輝く魔術の光がまとわりつく。華やかな歓声が上がった。

剣舞は徐々に加速していく。軽やかに、華やかに。人々の興奮を巻き込みながら、細くたおやかな肢体が優美に躍動する。

やがて曲の終わりと共に、月光色のドレスの裾がふわりと翻《ひるがえ》った。

水を打ったような余韻の中で、フェリスは粛々と頭《こうべ》を垂れ——

わあっと歓声が弾ける。万雷の拍手が会場を揺るがした。

割れんばかりの喝采を遮ったのは、「ふざけるな！」という怒声だった。

片桐が怒りに顔を染めながら、俺を指さす。

「オレはお前の力を見せろと言ったんだ。なんだ今のは、ただ女が舞っただけじゃねえか。そんなもの、お前の力とは——！」

「いいえ」

リゼが声を上げる。気高く、凜と頭をもたげて。

「私たちに魔術を教えてくださったのはロクさまです。そして私たち神姫は、身も心もロクさまのもの。みなさまが拍手をくださったこの力は、ロクさまのお力に他なりません」

「っ、なに、を……！」

声を詰まらせるリュウキを睨み付けて、リゼの暁色の瞳が燃え上がった。

「お言葉ですが。力は正しく使ってこそ。祝宴には祝宴に相応《ふさわ》しい魔術というものがございます」

「このっ……！」

片桐の形相が歪む。その手が剣の柄《つか》に掛かり――

「リュウキさま」

俺がリゼたちの前に出るのと同時に、グレン将軍が声を上げた。

片桐と俺たちの線上に身体《からだ》を割り込ませる。

「ここで事を起こせば、トルキア国の面目に関わりましょう。ここは私に免じて」

押し殺した声に、片桐はしばらくぎりぎりと奥歯を鳴らしていたが、やがて踵《きびす》を返した。

足音高くダンスホールを出て行く。

その背中を見送って、ひとつ息を吐く。

と、それまで息を殺して成り行きを見守っていた貴族たちが、わっと押し寄せた。

「あの、よろしければ、うちの娘にも魔術を教えていただけませんか⁉」

「当家では優秀な家庭教師を探しておりまして、報酬は言い値で払いますので、ぜひ！」

「あ、いや、ええと」

思いがけないオファーが殺到して、俺は対応に追われたのだった。

◆◆◆

主役不在のまま、出立式は解散となった。

招待客を送り出しながら、ディアナは鼻を鳴らした。

（まさか、あの場で極大魔術を放つとは。あの男、思ったよりも小物だったわね。……さっさと送り出して、あちらに乗り換えた方が得策かもしれませんわ？）

視線の先で、もう一人の勇者は何も知らず、客たちに囲まれていた。

◆◆◆

月明かりの中、後宮への道を辿《たど》る。

城が遠ざかった頃、リゼが「ふあー！」と息を吐いた。

「わ、わ、私、とんでもないことを……！　お咎《とが》めがあったらどうしましょう〜！」

パーティーでの一幕を思い出したのか、リゼは頰を押さえて身悶《みもだ》えている。

「うんうん、力は正しく使ってこそ！　リゼちゃん、最っ高にかっこよかったぜぇー！」

「ひゃぁぁ、からかわないでください、ティティさまぁ〜！」

リゼはあたふたしているが、ティティの言う通り、ほれぼれするような啖呵《たんか》だった。

「助けてくれてありがとう」

そう言うと、四人は一斉に首を振った。

「そんな！　私たちはただ、ロクさまのご恩に報いたく！」

「むしろ、出過ぎた真似《まね》だったわ。悔しくて、つい」

フェリスの隣で、サーニャが「やっぱり首を掻き切るべきだった」とぷんすこしている。

「嬉《うれ》しかったよ、すごく。それに、誇らしかった」

今日の式に出席した貴族は、誰も後宮を掃きだめなんて言わないだろう。

「それにしても、いつの間にあんな魔術を使えるようになったんだ？」

「こっそり練習していたのです。ロクさまを驚かせたくて」

「ああ、驚いたし、すごくきれいだった」

リゼたちは顔を見合わせて、嬉しそうに笑った。

「はぁ、緊張しておなか減ったー。帰ったら、とびきりおいしいごはん作ってもらおー」

「それは素敵ですね！　リゼは壺焼《つぼや》きパイが食べたい気分です！」

「私は、この前いただいた東方の薬膳スープがいいわ」

「くつ、ぬいでいい？　歩きづらい」

「ん。おぶろうか？」

夜道に、明るい笑い声が咲く。

ふと、三ヶ月前のことを思い出す。

この世界に召喚されたあの日。城を追い出され、一人で辿ったこの道を、今、笑いながらみんなと歩けていることが嬉しかった。

帰る場所がある。共に歩み、寄り添ってくれる仲間がいる。どんなに心強いことか。

右も左も分からない異世界に転生して、最初は何をすればいいか、何をしたいのか、ただただ模索するばかりだったけれど。今ならはっきりと分かる。この子たちを、みんなを、そしてみんなの居場所を守りたい。大切なものを守れる存在になりたい。

胸を満たす温かい感情に、俺は静かに目を細めた。

第六章　後宮部隊、始動

夜に日を継いで辿り着いた、ダンジョンの最奥《さいおう》。

「は……はぁっ……」

リュウキは、黒い木立の向こうに立つ影をにらみつけた。

それはまさに異形だった。

ヤギのような角。漆黒の巨大な体軀《たいく》。蛇のようにしなる尾の先で、太い鉤爪《かぎづめ》が鈍く光る。

自分を殺しにきた勇者に手を下すでもなく、ただ悠然と立っている、黒い怪物。

『暴虐のカリオドス』。通常の武器も魔術も効かない。これまで駆逐してきた魔物とは全く異なる生物。

「く……！」

息をする度に肺が焼ける。ひどい瘴気《しょうき》だ。

リュウキは神器を握り直した。一気に肉薄しようと膝をためていると、突然木陰から黒い獣が襲いかかる。その首を力任せに切り落とした。

「チッ！　何してやがる、さっさと雑魚《ざこ》をぶっ殺せ！　それがお前らの仕事だろ！」

「やってる！　だが、追いつかない！」

槍術士《そうじゅつ》の男が叫ぶ。木々の間から襲ってくる魔物たちを切りつけるが、滅するには至らず、かろうじて押しとどめているだけだ。

「くそ！　邪魔だ、どけ！」

リュウキは吠《ほ》えるなり、並み居る魔物たちを極大魔術でなぎ払った。

巻き添えになりかけた槍術士が「おい、周りを見ろ！」と叫ぶ。背後で飛翔《ひしょう》型の魔物と交戦している魔術士の女も忌々《いまいま》しげに吠えた。

「極大魔術に頼りすぎ！　ちゃんと魔力の配分考えてんの⁉」

「うるせぇ！」

（くそ、どいつもこいつも……！）

選《え》りすぐりの実力者だと聞いていたのに、露払いにすらなりはしない。

（オレが誰か分かってるのか、オレは勇者だぞ！　オレに口答えをするな、オレの邪魔をするな、誰もオレを軽んじるな、侮《あなど》るな、逆らうな……――！）

出立前に見送りにきた王女の姿が、脳裏に蘇《よみがえ》る。

『どうぞお気を付けて。勇者として相応しい武勲を立ててくださいませ』

能面のような笑顔。冷淡な声。

なんだあの態度は。出立式の日から手の平を返しやがった。オレは救世主だぞ。お前が、お前らが召喚した勇者だぞ、それを……！

「こいつをぶっ殺して、誰が救世主か思い知らせてやる！」

カリオドスに向けて、リュウキは手をかざし――刹那。

ぞ、とうなじが逆立った。

冷たい予感がして飛びすさる。次の瞬間、それまで立っていた地面が裂けた。木の根がぱっくりと深い断面を覗《のぞ》かせている。

「な……！」

何の前触れもなかった。今だって、カリオドスはただそこに立っているだけだ。

「一体……」

耳元でヒュ、と空気が唸《うな》った。とっさに身を投げ出す。鋭利な何かが、髪の毛を数本すぱりと切り落とした。

見えない刃《やいば》が次々に襲い来る。木の幹が削れ、地面が切り裂かれる。

「くそ、何だ！　何で見えねぇっ！」

やみくもに剣を振り回すが、むなしく空を斬るだけだ。

「ライネスがやられた！」

しゃがれた悲鳴に振り返る。魔術士の男が倒れている。頭から血を流して、どうやら気を失っているらしい。

「このままじゃ全滅だ、いったん退却しよう──」

「うるせえ、黙れ！」

リュウキは再びカリオドスに向けて手をかざした。

「まとめて吹っ飛ばしてやる！『極騒嵐《コア・ストーム》』！」

仮借なしの大出力で極大魔術を放つ。

直撃。

しかし、効いている様子はない。

「っ！『轟雷破《ライトニング・ブレイド》』！『水輪斬《フラッド・スラッシュ》』！『紅蓮炎《フレイム・スール》』──！」

持ちうる限りの極大魔術を次々に浴びせ──かくんと膝が折れた。唱えかけた呪文が、口の中で溶け消える。

「な……──」

手が震える。視界が狭まり、力が抜けていく。

「魔力、切れ……？」

まさか、そんなことがあってたまるか。オレは最強の勇者だぞ。この世界に選ばれた、ただ一人の――

ふと、頭上に影が差した。

顔を上げる。

目の前に、カリオドスが立っていた。

「……――！」

飛び退《すさ》るよりも早く。

長い爪が体内に潜り込んだ。

「が、は……ッ！」

一拍遅れて、みぞおちを灼熱《しゃくねつ》の痛みが貫いた。そのまままるで無様な兎《うさぎ》のように、宙に吊《つ》り上げられる。

視界の隅で、仲間たちが後ずさる。

「ひ……ひィッ！」

槍術士が、気絶している魔術士を抱えて逃げ出した。もう一人の魔術師も足を引きずりながら走り去っていく。

「ッ、ま、て……」

声がしゃがれている。指がぴくりとも動かない。事態が呑《の》み込めない。逃げたのか？　オレを置いて？　雑魚の分際で、このオレを差し置いて？

カリオドスが身を乗り出す。不気味な顔が、視界いっぱいに迫る。

『ほう、おもしろい』

鼓膜を引っ掻《か》くような声に、全身が怖気《おぞけ》だった。

（こいつ、しゃべれるのか……!?）

『貴様、勇者だろう。そのくせに、随分と我らに近いモノを抱えているな。このまま喰《く》ってやってもいいが……せっかくだ、道案内を頼むとしよう』

赤い瞳が笑みの形に歪《ゆが》んだ。

「が、は……！」

みぞおちから、得体の知れない何かが流れ込んでくる。

めりめりという内臓がねじ切れる音を最後に、意識が途切れ――

気がつくと、赤い絨毯《じゅうたん》の上でうずくまっていた。

遠く、声が聞こえる。

「リュウキさま!?　北征に行かれたはずでは……なぜお一人で……！」

「ディアナ殿下をお呼びしろ！」

兵士たちがばたばたと走り回っている。

（ここは、王宮か……？　どうして……）

さっきまでカリオドスと戦っていたはずだ。どうやって帰ってきたのか、記憶がない。

床に手をつき、身を起こした。みぞおちが、気の狂いそうな痛みを訴える。

「り、リュウキさま、そのお怪我《けが》では……！」

兵士の制止を振り払い、足を引きずりながら廊下を歩く。押さえた腹からタールのように黒い血が溢《あふ》れては、絨毯に吸い込まれていく。

人々は驚きながらも近寄らない。ただ畏怖の目で見つめるだけだ。

「なんで、オレがっ……！」

なぜオレが見捨てられなければならない。なぜ誰も彼も離れていく。なぜこんな屈辱を味わわなければならない。なぜ、オレが……この世界に来てまで、なぜ……――！

「くそ……くそォっ……！」

血がざわめく。身体《からだ》の奥底で、溶岩のような怒りが煮えたぎっている。

『あ、ァ……』

どろり、と。

体内で、灼熱の塊が膨れあがった。

誰かが「え……？」と呆《ほう》けた声を漏らす。

刹那、リュウキの全身から、黒い瘴気が噴き出した。

『あ、あぁ、あアァあぁ……！』

ひしゃげた喉から、自分のものとは思えない咆哮《ほうこう》が迸《ほとばし》る。身体がめきめきと悲鳴を上げる。

自分の中に何かがいる。おぞましい何かが。それはやがて意識を侵食し、視界を真っ赤に染め上げた。

◆　◆　◆

「……なんだ？」

城の北東に位置する銀果宮《アステル・パレス》。

王女に付き従っていたグレンは、微《かす》かな違和感を感じ取った。

大陸樹に祈りを捧《ささ》げていた王女も、怪訝《けげん》そうに辺りを見回している。

耳をそばだてようとした時、兵士が飛び込んできた。

「グレン将軍！」

顔を真っ青にした兵士は、グレンの前に膝を突き、震える声で報告する。

「ま、魔物が、王宮内に！」

「なんだと⁉　いったいどういうことだ！」

「それが、まったく詳細が分からず、突然城内に湧いて出たとしか……っ」

遠く、悲鳴が聞こえる。

いったいなぜ——いや、今は王女を逃がすのが先だ。

「ディアナ殿下、こちらへ！」

怯《おび》えるディアナを連れて外に出る。城の前では、恐慌《きょうこう》状態に陥った兵士や使用人、神官たちが逃げ惑っていた。

グレンは王女を誘導しながら城を仰ぎ——

「な……——」

城が、黒い靄《もや》に覆われていた。

「瘴《しょう》、気《き》……」

目に見えるほど濃い瘴気が、割れた窓から噴き出す。瘴気に触れた鳥が、翼を持つ魔物へと変貌していく。ネズミも蛇も虫も、黒い靄に呑み込まれて黒くおぞましい化け物に姿を変える。

まるでダンジョン――いや――

「魔族の巣《デーモン・パレス》……！」

悲鳴と怒号が渦巻く。魔術を放とうとした魔術士が、背後から三つ首の犬に押し倒される。仲間を助けようとした兵士が、怪鳥の鉤爪《かぎづめ》に吊り上げられる。

「っ、国王陛下は！」

鋭く問うと、兵士は「まだ城内に」とうなだれた。

「そんな、お父さま！　お父さまぁ！」

ディアナが泣き崩れる。

グレンは目の前に広がる惨状を見渡して、ほぞをかんだ。

魔物を王都に出すわけにはいかない、一度退却して軍を立て直し、迎え撃つ必要がある。だが、どこで。魔物は既に城内の奥深くまで侵入している。そもそもまともな戦力が何人残っているのか。頼みの綱の魔術士は、混戦の中で各個撃破されている。もとより魔術士は組織立った連携を得意としない。兵士たちは分断されて総崩れ、戦況はすでに潰走の様相を呈していた。

「……――」

黒い絶望が、ぽつりと胸に落ち——その時。

蹄《ひづめ》の音が近づいてきた。

◆　◆　◆

魔術講座の休憩中。

宮女たちが「ロクさまにお届け物です」と大きな木箱を運んできた。

「何だろう」

蓋を開ける。リゼたちが歓声を上げた。

「魔導剣！」

そこには、細身の剣が十振りほど収められていた。ロゼスの魔導剣だ。手に取ってみる。どれも美しいデザインで、何より驚くほど軽い。これなら魔力が少ない子たちでも軽々と扱えそうだ。

「ロゼスに感謝しなくちゃな」

手紙と、何かお礼の品を贈りたい。どんな物がいいだろう、サーニャに相談してみよう。

あれこれ考えていると、

「ロクさま！」

広場に、マノンの侍女――アンジュが飛び込んできた。

「先ほどから、王宮の様子がおかしく……どうやら、魔物が侵入したようです」

「魔物が⁉」

姫たちの間に動揺が走る。

「それも、数がただ事ではありません。瘴気に触れた生物が次々に魔物と化しています」

「それは……」

青ざめるマノンに、アンジュは頷《うなず》いた。

「規模といい、瘴気の濃度といい、魔族がいると見て間違いないでしょう」

「なぜ王宮内に魔族が……」

アンジュが強《こわ》ばった面持ちで告げる。

「城は負傷者多数、兵はちりぢりになり……壊滅するのは時間の問題かと」

「……――」

重たい沈黙が辺りを支配する。

一体なぜ。国王や王女、グレン将軍たちは……北征に赴いた片桐《かたぎり》は無事なのだろうか。

魔物はどこまで侵入している？　城が落ちれば、後宮《ここ》も無事では済まない。そればかりではない、魔物たちが王都へ出れば、被害は加速度的に拡大するだろう。

俺は広場を見渡した。誰も彼も、不安げに俺を見つめている。あの日、行き場を失った俺を受け入れてくれた少女たち。俺を慕い、支え、安らぎと平穏を――心からの安堵《あんど》を与えてくれた。どんな時も笑顔で俺を迎え、ここが帰る場所なのだと教えてくれた。

箱の中に目を落とす。魔導剣――あの温かな手の鍛冶師が魂を込めて鍛えた剣が、陽《ひ》の光を受けて眩《まばゆ》く輝いていた。

顔を上げる。俺を信じ、付き従ってくれた少女たち。その魔力回路は、初めて見た時からは比べものにならないほど瑞々《みずみず》しく煌《きら》めき、豊かに巡っている。

武器がある。みんなで積み上げてきた時間がある。

――俺たちには、戦う術《すべ》がある。

リゼに視線を移す。リゼは、強い意志を宿したまなざしで応えてくれた。

「みんな」

顔を上げ、問う。

「俺と一緒に戦ってくれるか」

守りたい。この後宮を、王国を。みんなが生きるこの世界を。誰の居場所も、奪わせたりはしない。

リゼたちは迷いなく頷いた。

「喜んで」

「我ら、神姫《じんき》の魂を継ぐ者。貴方《あなた》さまの剣となり盾となりましょう」

俺は紙にペンを走らせると、マノンに手渡した。

「俺は王宮に向かう。このリストをもとに、姫たちをグループ分けして欲しい。避難者の受け入れも並行してやってくれ。それと――」

いくつか指示を出して、王宮に馬を飛ばした。リゼとティティ、サーニャ、フェリスも付き従う。

王宮の前では、魔物と兵士たちが交戦していた――いや、一方的に狩られている。城から追われた人々が、荒れ狂う魔物たちに為《な》す術もなくなぎ倒されていく。

混乱の中に、黒い鎧《よろい》姿を見つけた。

「グレン将軍！」

「！　ロクさま！」

魔物の手を逃れた兵たちを、グレン将軍がまとめていた。王女の姿もある。

「無事で良かった。後宮に避難してください。あとは俺たちが何とかします」

「し、しかし」

「銀果宮の避難は済んでいますか」

「は。もう誰もいないかと……」

俺はティティから魔形代《フェイクドール》を受け取った。魔形代に魔力を込め、銀果宮へ転送する。

負傷した兵士に襲いかかろうとしていた魔物たちが、俺の魔力を求めて、一斉に銀果宮へ殺到した。

「これで、しばらく時間が稼げるはずです」

「い、今のは？」

「俺の魔力を込めた魔形代を、銀果宮に転送しました。あそこなら結界があるから、そう簡単に破られないでしょう。今のうちに後宮へ――」

その時、王女のディアナが城を見上げて泣き叫んだ。

「お父さま！　ああ、お父さまぁ……！」

城の窓には、異形の影がちらついている。

「国王陛下は」

鋭く問うと、グレン将軍は痛恨の表情で呻《うめ》いた。

「まだ中に」

「……！」

リゼたちが息を呑《の》む。

俺は馬の手綱を握り直した。

「グレン将軍。王の間への抜け道は」

「ロクさま、まさか」

「俺たちは、国王救出に向かいます。将軍は、避難の誘導をお願いします」

「しかし」

「大丈夫。必ず王を連れて戻ります」

「できるわけがないでしょう！」

甲高い悲鳴を上げたのはディアナだった。

「見なさい、あの魔物たちを！　魔術も使えない、スキルもない、ただの無能な人間が、助けられるわけないじゃない！」

「殿下！」

グレン将軍はディアナを抑えると、深い灰色の双眸《そうぼう》で俺を見つめ、頭を下げた。

「陛下を、よろしくお願いいたします」

俺が頷いたのを見て、将軍が人々に向かって吠《ほ》える。

「皆、後宮へ！」

俺はリゼたちを振り返った。

「みんな、力を貸してくれ」

「お任せください。我ら神姫、ロクさまに捧《ささ》げた身。どこまでもお供します」

「ロクちゃんがいれば、怖いものなんかないからね！」

俺は「ありがとう」と笑って、剣の感触を確かめた。

おそらく、城そのものがダンジョンと化している。できる限り戦闘を避けて、最短最速で国王を救出する。

俺たちは馬を駆り、城の裏手へと向かった。

◆　◆　◆

開け放たれた門から、負傷した人々が次々と入ってくる。

「けが人は建物の中へ！　全ての部屋を開放して！」

マノンは姫たちを指揮し、避難してくる人々を誘導させた。

「どうして魔物が王宮内に……」

「もうだめだ……袋のネズミだ……」

兵士たちの顔は絶望に染まっている。

一方、門を入ってすぐの広場では、各グループに分かれた姫たちが列を成していた。

「剣姫《フェンサー》部隊は武器を取りに来てくださーい」

「わぁ、すごい、すごい」

「見た目より軽いわ！」

「私これがいい！」

きゃっきゃっとはしゃいだ声を上げながら、届いたばかりの魔導剣を吟味する。

また、別の一角では。

「はいはーい、パスを繋《つな》ぎますよ、並んでくださーい」

数人の侍女たちが、少女たちの手の甲に何かを描いていく。

「転送陣を擦《こす》らないように。消えてしまいますからねー」

「はーい！」

少女たちは、手の甲に描かれた小さな魔法陣を、まるで新作のアクセサリーを自慢するかのように見せ合っていた。

死が迫っているとは思えない和やかな光景に、兵士が戸惑いの声を上げる。

「なんだ、一体何をしてるんだ、これは……」

やがて、準備が整った。

マノンは、隊列を組んだ姫たちに向かって声を張った。

「よろしいですか！　ここが最後の砦《とりで》、私たちは勇者ロクさまにお仕えする神姫！　私たちの敗北は、王国の、ひいては人類の敗北と心得なさい！」

「はい！」

少女たちの愛らしい顔は、みな決意に張《みなぎ》っている。

マノンは城の方角を仰いだ。

あの方はご無事だろうか。グレン将軍から、国王救出に向かったと聞いた。と、屋根の上で見張りをしていたアンジュが叫んだ。

「ロクさまが戻られました！」

良かった、無事に戻られた。マノンは胸中で息を吐いた。あの方がいる。それだけで、こんなにも安心できる。

「それでは、ロクさまを信じ、支え、よく戦うように！　各自、戦闘用意！」

◆　◆　◆

後宮の広場。

門は固く閉ざされている。

不気味な静寂の中、俺は手の甲に刻んだ魔法陣を見つめた。

背後には、後宮の姫や侍女たち、総勢四百人が隊列を組んでいる。

少し脈が速い。気が昂《たか》ぶっている。俺は深く息を吸い——

「ロクさま」

隣から細い手が伸びてきた。しっとりと温かい感触が頬を包む。

優しく俺を振り向かせたリゼは、伸び上がって、こつりと額を合わせた。

「大丈夫です。ロクさま。私が——私たちが付いています。どこまでも、あなたと共に」

柔らかな声が、強《こわ》ばった身体《からだ》に染《し》みこんでくる。

張り詰めていた気持ちが、ふっと解《ほど》けた。

「ありがとう」

そう笑いかけると、リゼはふわりと双眸を細めた。

首をもたげ、空を睨《にら》みつける。

（大丈夫だ。上手《うま》くいく。みんなの居場所を、守り切ってみせる）

やがて塀の向こうから、ギャアギャアと無数の鳴き声が近づいてきた。

アンジュが屋根の上から叫ぶ。

「飛翔《ひしょう》型、飛来します！　数、およそ三十！」

俺は頷《うなず》くと、号令を下した。

「弓姫部隊《アーチャー》、前へ！」

「弓姫部隊、前へ！」

弓姫部隊隊長のティティが復唱し、姫たちが前に出る。

一糸乱れぬドレス姿の少女たちを見て、兵士たちがうろたえた。

「まさか、迎え撃つつもりか!?」

「何の力もない後宮の姫が、一体どうやって……」

おののき怯《おび》える兵士たちとは裏腹に、少女たちは粛々と指示に従う。

「目標、一時の方向！」

「目標、一時の方向ーっ！」

「距離三〇〇、六〇度狙え！」

「距離三〇〇、六〇度狙えー！」

三列に横隊を組んだ姫たちが、一斉に空へ指を向ける。やがて、魔物の群れが現れた。

三十体ほどが、黒い塊となってこちらへ向かってくる。

広場に緊張が走る。

ティティが上空をねめつけた。

「まだ！　まだ引きつけるよ！」

魔物が射線上に入ると同時、俺は吠えた。

「用意《よォーい》！」

「撃《て》ーッ！」

魔術の矢が一斉に放たれ、空を染め上げた。撃ち抜かれた魔物たちが霧散していく。

「す、すごい……！」

「なぜ後宮の姫が魔術を……⁉」

兵士が呻く。

しかし。

「第二陣、来ます！」

アンジュの報告と同時、上空に影が差す。凄《すさ》まじい数の群れだ。無数の翼に覆われて、
太陽が陰る。

「わ……！」

「ええ、ちょ、ヤバ……」

弓姫たちの間に、微《かす》かに動揺が走る。

「大丈夫だ、合図を待て！」

俺の一声に、姫たちが瞬時に落ち着きを取り戻した。恐れ気なく首をもたげ、空を睨む。

魔物たちは様子を窺《うかが》っているのか、なかなか降りてこない。このままでは数が膨れあがるばかりだ。

俺は黒く渦巻く空を見上げた。魔物は魔力の高い人間を好んで喰《く》らう。ならば――

「おびき寄せる！　構え！」

吠えるなり、全身から魔力を放出する。

『ギギ、ギギギギギ！』

魔物たちがざわめく。狙い通り、魔物の群れが俺に向かって降下してくる。

俺は叫んだ。

「一斉掃射、はじめ！」

指令を受けて、ティティが勢いよく手を振り下ろす。

「一斉掃射、撃――――っ！」

漆黒の群れ目がけて、無数の魔矢《マジック・アロー》が打ち上がった。

『ギイイイイイイ！』

恐ろしい叫喚が響き渡る。息もつかせず、姫たちは第二射を放った。

「第二射、撃――――――っ！」

『ギェエアアアアア！』

魔物たちが断末魔の悲鳴と共に消え失《う》せていく。連射に次ぐ連射。後宮の空を、色とりどりの魔矢が埋め尽くす。

宮廷魔術士たちが引き攣《つ》った悲鳴を上げた。

「バカな、死にたいのか！　すぐに魔力が尽きるぞ！」

しかし。

「やった、当たったわ！　これで五体目！」

「え～、私まだ三体しか落としてないんだけど～」

「ノルマは一人十体ですわよ！　上位三名は、ロクさまと王都を散策する権利がもらえるわよ、気合い入れて！」

「はい！」

魔力切れの兆候すらなく魔矢を連射する姫たちを見て、魔術士たちが目を剝《む》く。

驚くのも無理はない。普通ならとっくに魔力切れを起こしている。が、タネは簡単。手、の甲に描いた転送陣を通して、俺の魔力を転送しているのだ。

そもそも転送自体が莫大《ばくだい》な魔力を喰うから、フェリスからすると「普通ならそんな無茶な使い方、ありえない」そうなのだが、俺なら魔力を無限に錬成できる。

姫たちが魔物を撃ち落とすそばから、パスを通して魔力を供給する。魔力酔いを起こさないよう調整しながら、一人一人に魔力を送り込む。

やがて、見張りのアンジュが声を張った。

「対空殲滅《せんめつ》成功！　飛翔型魔族、確認できません！」

「よし――」

喜ぶ暇もなく、バキバキバキィッ！　と凄まじい破壊音が鳴り響いた。

「ロクちゃん司令官！　扉が破られました！」

ティティの声に、地上に視線を走らせる。

扉を食い破って、黒い四足獣たちがなだれ込んでくるところだった。

「弓姫部隊、退《さ》がれ！　盾花部隊《シールダー》、前へ！　盾構え！」

俺の指示を受けて、弓姫たちが即座に退いた。

盾花部隊を引き連れたリゼが吠《ほ》える。

「盾花部隊、参ります！　『魔壁《シールド》』展開！」

「『魔壁』展開！」

復唱とともに、魔術の壁が咲き乱れる花のように展開した。

地響きを上げて、魔物の群れが殺到し——凄まじい衝突音と共に、色とりどりに咲いた光の壁が獣たちを押しとどめる。

ギチギチと鳴り響く軋みに負けないよう、リゼが叫ぶ。

「まだ！　まだ持ちこたえて！」

「はい！」

薄い壁に、魔物たちはなおも折り重なるようにして突進してくる。あまり心臓によろしくない光景だ。恐れをなした兵士が悲鳴を上げる。

「ど、どうする気だ、このままじゃ破られるぞ！」

魔力消費が激しい。俺は絶え間なく魔力を供給しながら、タイミングを計り——

「リゼ！」

「はい！『解除《ブレイク》』！」

リゼの号令一下、魔物を防いでいた壁が一斉に消え失せる。遮るものを失った魔物たちが、雲霞《うんか》となって押し寄せ——

「マノン、頼む！」

「はぁい」

マノンが軽やかに返事をする。その体内では、たっぷりと練り上げられた魔力がごうごうと唸《うな》っている。

「いきますよ～！　『風魔砲《ウインド・キャノン》』！」

歌うような詠唱と共に、爆風の柱が魔物たちを吹っ飛ばした。

「はい、どーん、どーん！」

続いて、二射、三射。凄まじい烈風が、魔物の群れを蹴散らす。まるで固定砲台だ。逆巻く轟風に巻き込まれて、密集した魔物たちは互いの巨軀《きょく》に押しつぶされ、あるいは牙に貫かれ、地面に叩《たた》き付けられて絶命していく。

……いつにも増して、絶好調だ。

感心する俺の背後で、兵士の誰かが「えげつねぇ……」と呟《つぶや》くのが聞こえた。

『グルアアアアアア！』

仲間の死骸を乗り越えた魔物たちが散開、左右から迫ってくる。

右翼に控えていたフェリスが声を上げた。

「剣姫《フェンサー》部隊、行くわよ！」

「はい！」

ドレス姿に剣を帯びた姫たちがすらりと抜刀した。魔力を帯びた刀身が眩《まばゆ》く輝く。

「突撃！」

髪を高く結い上げたフェリスに、少女たちが続く。華奢《きゃしゃ》なヒールが一斉に地を蹴り、両者がぶつかり合った。

「はっ！」

フェリスが月の妖精のように舞い、金色に輝く刀身がガーゴイルの首を切り落とす。

その隣で、厨房番《キッチンメイド》たちが次々にオークの胴体を貫いた。

「そーれ、串刺しだぁーっ！」

みんないきいきしている。普段包丁を握っているせいか、剣《刃物》と相性が良《い》いらしい。

「な、なぜ後宮の姫が剣術を⁉」

「それに、あの斬れ味……まさか、魔導剣か⁉」

ご明察。彼女たちが手にしているのは、一振りで一個大隊に相当すると名高い、ロゼス渾身《こんしん》の魔導剣だ。加えて剣姫部隊には、転送陣を使って俺の剣術をトレースしている。

やがて恐れをなしたのか、魔物の一部が逃げに転じた。身を翻《ひるがえ》し、出口へと殺到する。

「まずいぞ、魔物を逃がせば、王都に被害が……！」

兵士たちの間に緊張が走る。

俺は門の上に視線を送った。

青い空を背負って、小柄な少女たちが居並んでいた。その中央に立つサーニャが、俺の視線を受けて頷《うなず》く。

「全てここで仕留める。遊撃隊、準備はいい？」

「はい、サーニャさま」

サーニャの体術をトレースした、少数精鋭のエリート部隊だ。

サーニャに続いて、少女たちが飛び降りた。突進する獣の群れへと恐れ気なく肉薄し

——少女たちが影のように駆け抜けた後、黒い血が飛沫《しぶ》き、魔物たちがどうっと倒れた。

サーニャが短剣を払って呟く。

「一匹も逃がさない」

苛烈な戦場に、色とりどりのドレスが入り乱れる。黒くひしめいていた魔物たちは、今や急速に数を減らしていた。

剣姫たちの猛攻をかろうじて抜けた魔物を、光の盾が防ぎ、魔矢が撃ち抜く。逃げようとする魔物を、蟻《あり》の一匹も通すまいと遊撃隊が討つ。少女たちの連携が、大きなうねりとなって戦況を塗り替えていく。

グレン将軍が掠《かす》れた声で呟いた。

「まるで、ひとつの生き物だ」

互いを信じ、命を預け、補完し合う。これまで後宮のみんなで積み上げてきた時間が、強い絆《きずな》となって結実していた。

もはや勝利は目前だった。

心に余裕が生まれたのか、背後から俺を揶揄《やゆ》する声が聞こえてきた。

「で、あいつは一体何をしてるんだ？　女たちに守られて、いいご身分だな」

リゼが緋色《ひいろ》の瞳を怒りに染める。

「何を！　あなた方は、ロクさまがいなければとっくに――！」

「いい、リゼ」

外野にどう思われようが構わない。いま大事なのはこの防衛線を死守し、みんなを、この場所を、そして王国を守り抜くことだ。

魔物の数がまばらになり、残り五体になり、三体になり、やがて静寂が訪れた。

「やったか……？」

兵士が呟く。

しかし。

サーニャがハッと耳をそばだてた。

「あれは……──」

打ち破られた門の向こう。黒い人影があった。──いや。人ではない。

見上げるほどに巨大な体軀《たいく》。先端に鉤爪《かぎづめ》のついた長い尾。そして何よりも異質なのは、頭に戴《いただ》いた、まるで悪魔のような巻き角──

リゼが引き攣った悲鳴を上げる。

「あれはまさか……カリオドス……！」

『暴虐のカリオドス』。北方を支配する魔族の名。

しかし。

「……片桐……？」

黒く蠢《うごめ》く魔力回路。その奥に、かすかに片桐の魔力の片鱗《へんりん》があった。

ティティが手を振り下ろす。

「弓姫《アーチャー》部隊、用意！　撃《て》ーっ！」

無数の矢が、カリオドスに降り注ぐ。

だが。漆黒の魔族は一切の傷を受けることもなく、そこに立っていた。

「な、なんで……」

「みなさま、おさがりください！」

マノンが進み出る。その全身が眩い魔力を帯び、

「『風魔砲』！」

しかし。

「効いてない……！」

宮廷魔術士が悲痛な声を上げた。人々の間に絶望が広がる。

俺はアンベルジュを引き抜き、前に出た。

「パスを閉じる。みんな退がって」

「ロクさま……！」

不安げなリゼに、「大丈夫」と笑いかける。

「この先には進ませない。何があっても守る」

柄《つか》を強く握り、魔力を注ぎ込む。白銀の炎が刀身を包んだ。

「あれは魔導剣、いや、魔剣か!?」

「あんなもの、すぐに魔力が枯渇《こかつ》して死ぬぞ！」

魔術士たちのどよめきの中で、王女ディアナが驚愕《きょうがく》の声を上げる。

「あれは、あの剣は……！」

ほう、とざらついた声がした。

『おもしろい力だな』

「っ⁉」

まるで脳を引っ掻《か》くような、不愉快な響き。

カリオドスの声だ。

『なるほど、お前が本物か。わざわざ乗り込んだ甲斐《かい》があるというものだ』

カリオドスが一歩進み出る。その手がゆっくりと持ち上がった。

身構えると同時、漆黒の球が放たれる。

「ふッ！」

俺は掬《すく》い上げるようにアンベルジュを一閃《いっせん》した。魔力の塊を、白銀の刃《やいば》が両断する。

『ほう。多少は骨があるようだ』

真っ赤な切れ目《ロ》が笑みの形に歪《ゆが》むと同時、息が詰まるほどに濃い瘴気《しょうき》が吹き付けた。

びりびりと肌が震える。

冷たい予感が走って、俺は叫んだ。

「リゼ！」

「！　『魔壁《シールド》』展開！」

盾花部隊《シールダー》が瞬時に応え、姫たちの前に、魔力の壁が張り巡らされる。

刹那、見えない無数の刃が押し寄せた。

少女たちの悲鳴が上がる。

鋭い音と共に飛来する不可視の攻撃を、俺は勘を頼りに剣で弾《はじ》き飛ばし——攻撃が鎮《しず》まった後。石床に、無数の傷が刻まれていた。

「これは、一体……」

背後で兵士が震える声を零《こぼ》す。

カリオドスは何もしなかった。ただそこに立っていただけだ。

防がれると思っていなかったのか、カリオドスの殺気が膨れあがる。

『こざかしい』

「！」

次が来る。

俺は剣を構えてカリオドスを睨《にら》み付け——

「……あれ？」

——視える。

カリオドスの背から、さっきまでは存在しなかったはずの、無数の鞭《むち》が伸びていた。

首を狙って放たれた鞭を、一歩横に移るだけで避ける。

『な……！』

やはり視《み》える。さっきまで不可視だったはずの攻撃が、はっきりと。

そうか、と呟《つぶや》く。

魔族は魔力そのものを具現化したような存在。ならば、俺には、その、全て、が視、え、る。

連続して繰り出された鞭を、あっさりと避ける。

わずかに首を傾けるだけで。ほんの少し身体《からだ》を開くだけで。攻撃が掠りもしない。まるで向こうから避けていくかのようだ。

『どういうことだ、なぜ当たらない！　なぜ避けられるのだ！』

それはそうだろう、全て筒抜けなのだから。こうなってしまうと、他の魔物と同じだ。

――いや、魔物、よ、り、も、容、易、い。

『なぜ、なぜ、こんな！　オレは暴虐のカリオドスだぞ！』

魔力の鞭が空《むな》しく空を切る。この見えない鞭で、何人もの人間を切り刻み、なぶり殺してきたのだろう。

俺は両脚に魔力を流し込んで加速すると、カリオドスに斬り掛かった。

『ぐっ⁉』

脳天から両断するはずだった一閃を、カリオドスがかろうじて爪で防ぐ。白銀に燃え上がる刀身と漆黒の爪が、がきりと噛《か》み合い——カリオドスの顔が引き歪んだ。

『貴様ッ、なんだこの魔力量は⁉　魔王に匹敵するほどの、いや、それ以上の……！』

答えず、左腕に魔力を流し込んで一気にブーストをかける。カリオドスの顔を摑《つか》むと、渾身《こんしん》の力で地面に叩《たた》き付けた。

『がっ……！』

石畳が激しく砕ける。地面に縫い止められながらも、魔族はなお貪欲にもがいた。

『喰《く》わせろ！　お前を喰って、オレは絶大な魔力を手に入れる！』

魔族の顔面を摑む指に力を込める。

「そんなに欲しいなら、思う存分くれてやるよ！」

抵抗する暇も与えず、ありったけの魔力を流し込んだ。

『————————‼』

巨大な体軀が声もなく仰《の》け反る。手加減なしの大出力。膨大な魔力が、あっという間に容量を超えて暴走を始める。針金に大電流を流すようなものだ。体内のあちこちで白銀の火花が弾け、魔力回路を引き裂いていく。

『が、ぁぁぁあっ……！』

焼け爛《ただ》れた手が俺の左腕を摑んだ。爪が食い込み、血が飛沫く。

俺は痛みに構わず、さらに身を乗り出し――

「や、め……たの、む……！」

ひしゃげた声に目を見開く。

――片桐の声だ。

「たのむ……もう、やめ、て、くれ……っ！」

「……――」

赤く染まった両の目から、涙が溢《あふ》れる。片桐の魔力が、苦しみに悶《もだ》えている。

俺は歯を食い縛った。

――たぶんこの一撃は、片桐のプライドを粉々に打ち砕く。

それでも。

ようやくたどり着いた、帰るべき場所。大切な絆。譲れない信念。

俺には、守らなければいけないものがある。

「――ごめん」

あらん限りの大出力で魔力を注ぎ込む。黒い体軀が弓なりに悶えた。

『あ、ぁ、ぁ、あぁあァアああ！』

魔力回路が悲鳴を上げる。片桐の中で、白い雷嵐《らいらん》がばちばちと荒れ狂う。白銀の魔力が漆黒の魔力を喰らい、蹂躙《じゅうりん》し、駆逐していく。

（このまま一気に勝負を付ける――！）

黒い魔力の残滓《ざんし》に止《とど》めを刺すべく、俺は身を乗り出し――

「なん、で……」

また、声が聞こえた。それはか細く、まるで寄る辺のない子どものようで。

「なんで、誰も、いなくなるんだ……俺は、ただ……居場所が、欲しかった、だけなのに
……――」

「！」

息が止まった。注ぎ込んでいた魔力が、ほんの一瞬緩み――

魔族が、ニィッと牙を剝《む》き出す。

視界の隅、何かが動いた。カリオドスの尾だ。気付くのが数瞬遅れた。

こめかみに、黒い鉤爪が迫る。間に合うか――右腕を犠牲にする覚悟で防ごうとし――

「ロクさま！」

炎の球が飛来して、鉤爪を弾く。

リゼが赤く燃える瞳で、カリオドスを睨み付けていた。

「リゼ！」

『小娘ェ！』

怒りに染まったカリオドスの双眸《そうぼう》が、リゼを捉え――

『！　その、刻印は……』

赤い両眼が見開かれる。その眼球に映るのは、リゼの肌に絡《から》みつく、漆黒のアザ――

『はは、ははははは！　見つけた……見つけたぞ、開闢の花嫁……！』

「っ……!?」

『呪われし刻印を持つ花嫁よ！　来るがいい、我がもとへ……！』

カリオドスが耳に障る声で笑いながら、怯《おび》えるリゼに黒く焼けただれた腕を差し伸べる。

「っ、させるか！」

俺は残る力を振り絞り、全身全霊で魔力を注ぎ込んだ。

『がっ、あ、あぁ、ぁぁあああああ！』

割れるような咆哮《ほうこう》が空を震わせる。赤錆《あかさび》色の瞳が狂おしく燃え上がった。

『今に！　今に我らの同胞が迎えに来る！　その時を楽しみに待つがいい！』

魔族の全身から、黒い霞《かすみ》が噴き出す。やがてそれは、断末魔の悲鳴と共に消え失《う》せた。

黒い霞が溶け消えた後。気を失ったリュウキが残されていた。

「は……」

「……――」

全身から力が抜ける。

縮こまっていた兵士たちが、おそるおそる立ち上がる。

「倒し、た……」

「カリオドスを、倒したぞ……」

わっと喝采が上がる。

「後宮部隊、万歳！　万歳ーっ！」

万雷の拍手が空を揺るがす。姫たちも抱き合って喜んでいた。

「リゼ……」

俺はかすむ目で、リゼの姿を捜した。カリオドスに引き裂かれた左腕から血が滴《したた》る。ふらつきそうになった身体を、剣を地に突き立てて支え――

刹那、アンベルジュが眩《まばゆ》い光を帯びた。白い輝きに包まれて、形が変化していく。力強く流麗なフォルムに、白銀に輝く刀身――

神官が息を呑《の》む。

「あれは……百年前に紛失したはずの神器——祝福の剣《アンベルジュ》……！」

俺はアンベルジュを空にかざした。柄にはめ込まれた宝玉が、眩い輝きを放っている。

そうか、変わった剣だと思っていたが、神器だったのか。

「え、じゃあ……」

「勇者、さま……？」

驚きと希望を孕《はら》んだざわめきが、波紋のように広がり——這《は》うような呻《うめ》きが、それを遮った。

「待、て……」

片桐だった。見る影もなくぼろぼろになった身体を起こし、震える脚で立ち上がる。

その口から、亡者《もうじゃ》のような呪詛《じゅそ》が紡《つむ》がれた。

「勇者は、オレだ……オレが、オレだけが、オレこそがこの世界を救う、ただ一人の英雄だ……誰一人として、オレを差し置いて頂点に立つことは許さねぇ……オレのために尽くせ、オレのために死ね……！　誰も、誰もオレの前に立つな……！」

片桐はひしゃげた声で吠《ほ》えると、俺に向けて手をかざした。

「『紅蓮炎《フレイム・スール》』！」

割れるような咆哮が上がり——片桐の体内で、白銀の魔力が暴れ狂った。

「がっ、あああああ⁉」

崩れるように膝を突く。

「な、なんで……」

両手を見下ろす片桐に、告げる。

「魔力回路がずたずたになってる。魔術は使えない――使わない方がいい」

「そん、な……」

片桐の表情が痛ましいほどに歪《ゆが》む。その瞳に映るのは、俺の背後に居並ぶ姫たち。俺を信じて、共に戦ってくれた仲間たち。

自分がついに手に入れられなかった全てを前に、片桐は両手を突いた。

「違う、のか……オレは……オレは、最初から、勇者なんかじゃ、なかっ、……」

胎児のようにうずくまる。その喉から、絶望という名の嗚咽《おえつ》が溢れた。

「あァ……オレは、結局……ここでも、負け犬、なの、か……――」

その時、涼やかな声が響き渡った。

「素晴らしいですわ、ロクさま」

王女ディアナが進み出る。

その顔に浮かぶのは、聖母と見紛《みまが》うような、柔らかな微笑《ほほえ》み。

「此度《こたび》の戦い、見事でした。あなたこそ真の勇者。これより先は、この私《聖女》——ディアナ・スレアベルが、あなたを支え、愛すると誓います。私こそが、あなたに恵みをもたらす女神。あなたの望むもの全てを授けましょう」

ディアナは俺の腕に手を絡め——俺はその手をふりほどいた。

見開かれた瞳から目を逸《そ》らす。

「貴女《あなた》の愛が本物だとして、俺には必要ありません。他の誰かにあげてください。貴女の愛を必要とする、誰かに」

「は——」

王女は言葉を失い——その顔が醜く引き歪んだ。

「はああ⁉　何様のつもりなのよ、無能風情《ふぜい》が！　あんた、誰に向かって物言ってるか分かってんの⁉　父上が死んだ今！　この国の女王はあたしなのよ！　誰が英雄かを決めるのは女王であるあたしなの！　このあたしがあんたを英雄にしてやるって言ってんのよ！　それが気に食わないっていうなら、今すぐこの国から出て行きなさいよ！」

白百合《しらゆり》の聖女は唾を飛ばして、あらん限りの罵声を叩き付け——

その時、重々しい声がした。

「ディアナよ」

「⁉」

ディアナが振り返る。その視線の先。

兵士たちに支えられて、国王が立っていた。

「父上⁉ なぜ……！」

「すんでのところで、その者たちに助けられた」

「ち、違うのです、今のは……！」

顔を引き攣《つ》らせて必死に取り繕うディアナを、しかし国王は失望の目で見つめた。

「思えば、お前のことは甘やかしてばかりだったな。望むものを与え、耳触りの良い言葉を浴びせ、阿《おもね》るばかりの側近や家庭教師しか傍《そば》にやらなかった。わしが愚かであった」

皺深《しわぶか》い目が、二人をひたと見据える。

「カタギリリュウキ、およびディアナ・スレアベル。そなたらを永久にトルキアから追放する。二度とこのトルキアの地を踏むことは許さぬ」

「あ、あ……そん、な……そんな、ぁ……」

王女は放心し、その場に崩れ落ちた。

俺は剣を納めると、姫たちのもとへ歩き出し――

その時、駆け寄る影があった。

「ロクさま、すぐに手当てを」

リゼだ。俺の腕の傷を見て、今にも泣き出しそうにしている。

「ああ、こんな……痛いですよね、ごめんなさい、私、回復魔術もお勉強していれば良かった。他にお怪我《けが》はございませんか？　すぐに消毒を……」

その指先は、微《かす》かに震えていた。それでもリゼは、暁色の双眸に涙を浮かべて、一心に俺を見つめる。

言い知れない衝動がこみ上げて、俺はその身体《からだ》をかき抱いた。

「ひゃっ！　ろ、ロクさま……！」

腕に閉じ込めた身体は、あまりに細く、柔らかい。

俺は噛《か》みしめるように囁《ささや》いた。

「大丈夫だ」

「！」

その身体に刻まれた刻印《アザ》ごと、きつく抱きしめる。

まだ、カリオドスの哄笑《こうしょう》が耳に残っている。開闢《かいびゃく》の花嫁。その言葉が何を意味するのかは分からない。だが、そう遠くない未来、このか細く無垢《むく》な身に魔族の魔手が迫るだろうと、そんな予感があった。

——思えば、出会った時からそうだった。危ういほどに優しく、親愛の情深く、誰にも言えない孤独と脆《もろ》さを抱え、それでも俺に寄り添い、どんな時も共にあってくれた。恐ろしくないわけがない。不安じゃないわけがない。それでも、自分よりも人《俺》のことを真っ先に心配してしまう、この優しい少女を、誰にも傷つけさせたくない。

「何があっても守る」

——勇者として、この後宮の主《あるじ》として。必ず君を守り抜く。

「……はい」

リゼが目を閉じて、俺に頰を寄せる。

そっと背中に添えられた手は小さく、柔らかく、温かかった。

「ロクさまぁ！」

姫たちが、わっと俺を囲んだ。

「みんな、お疲れさま。よく戦ってくれた」

そう笑いかけると、姫たちは嬉《うれ》しそうに顔を輝かせた。

「いいえ！　私たち、まだまだ戦えます！」

「流れ込んでくるロクさまの魔力が、温かくて、安心して、全然怖くありませんでしたっ」

「これからも、お側《そば》に居させてください！」

少し離れたところでは、フェリスたちが微笑みを浮かべていた。

「少しは、お役に立てたかしら」

「やっぱロクちゃん、世界一かっこいいよ」

「さすが、わたしのつがい」

その笑顔に温かいものがこみ上げて、笑う。

「みんなのおかげだよ。ありがとう」

背後から重厚な足音がして、振り返る。

国王が立っていた。

俺が向き直ると、国王は厳粛な面持ちで頭を下げた。

「カヅノロク。そなたに働いた数々の無礼、本当にすまなかった。よくぞこの国を守ってくれた。そなたを正式な勇者と認めよう」

額に祝福の印を受ける。グレン将軍が膝を突き、それを合図に、兵士たちも一斉に頭《こうべ》を垂れた。

国王が口を開く。

「王国を守ってくれた真の勇者に、褒美《ほうび》を授けよう。何か望むものはあるか」

えっ、何だろう。望むもの、望むもの、ええと……

俺は汚れた頬を拭った。

「とりあえず、熱いお風呂《ふろ》に入りたいです。あとは、厨房番《キッチンメイド》のみんなが作った壺焼《つぼや》きパイが食べたいかな」

国王が目を丸くし、マノンが「まあ」と笑った。

「本当に、欲のない方ですね」

ころころと笑うマノンの横で、宮女たちが腕まくりをする。

「お任せください、とびっきりの壺焼きパイを作りましょう！」

「湯殿の準備も整えますね！　本日はバラ風呂などいかがですか！」

「そのお怪我だと、湯浴みされるの大変ですよね～！　みんなでお背中流します～！」

「だ、大丈夫、一人で入れるから」

後宮の空に、明るい笑い声が咲く。

「ロクさま」

リゼが、胸に手を当てて膝を折った。柔らかな髪が風になびく。

「私たちは、ロクさま《勇者》にお仕えする神姫《じんき》。これからも、ロクさまと共に歩む剣となり、背中を守る盾となり、傷を癒やす褥《しとね》となりましょう」

その後ろで、後宮の姫たちが笑顔を浮かべている。

無能と追いやられ、居場所を失って彷徨《さまよ》っていた俺を、優しく温かく受け入れてくれた少女たち。

胸に熱いものがこみ上げるのを感じながら、白銀の魔力が通う右手を見下ろす。俺に授けられた唯一の力、『魔力錬成』。役立たずと言われたこの力が、みんなの居場所を――この笑顔を守ってくれた。

――望んだものは、もうここにある。

温かい想《おも》いを、拳の中に握り込む。

リゼの鈴を転がすような声に続いて、姫たちが合唱する。

「ロク先生！」

「これからも、どうぞよろしくお願いいたします！」

色とりどりに咲く花のような笑顔を前に、俺はふっと目を細めた。

この世界に来て三ヶ月。数え切れないくらい、色々な事があったけれど。

どうやら俺の後宮ライフは、まだ続きそうだ。

――了

あとがき

初めまして。

もしくはお久しぶりです。琴平稜《ことひらりょう》です。

この度は、『追放魔術教官の後宮ハーレム生活』をお手にとっていただきまして、誠にありがとうございます。

デビューして五シリーズ目となる本作は、「異世界に転生した主人公が、ワケありの後宮に追いやられ、出会った少女たちと共に成長し、いつしか世界最強へ……」というストーリーになっております。

「異世界転生」に「ドレス×戦闘」、「可憐《かれん》で果敢な少女部隊」と、作者の『スキ！』をめいっぱい詰め込んだ本作ですが、少しでも楽しんでいただけましたら幸いです。

それでは早速ですが、謝辞に移りたいと思います。

お忙しい中、イラストを担当してくださったさとうぽて先生。初めて先生のイラストを拝見した際に、「なんて魅力的で瑞々《みずみず》しくて可愛《かわい》らしい女の子を描く御方なんだ！」と湧き上がった感動と高揚感は言い知れません。華やかで生き生きとしたヒロインたちの姿に心奪われました。

また、思考が停滞しがちで亀のような歩みの私を引っ張ってくださる担当編集さま。

今日も会議に打ち合わせにと、お忙しく戦っているであろう編集部の皆さま。

いつも執筆を支えてくれる大切な友人、先輩、後輩、恩人、同業の先生方、親戚、家族。感想を送ってくれたり誤字を教えてくれたりと、本当に助けられました。これからもよろしくお願いいたします。

デザイナーさん、校正さん、印刷所さんをはじめ、関わってくださった全ての方。

そして、今このあとがきを読んでくださっているあなたへ。

数ある作品の中からこの本をお手にとってくださったこと、感謝しても仕切れません。

皆さまの応援を励みにより一層頑張りますので、願わくは続刊でまたお会いできれば、それに勝る喜びはございません。

本当にありがとうございました。

琴平稜

富士見ファンタジア文庫

追放《ついほう》魔術《まじゅつ》教官《きょうかん》の後宮《こうきゅう》ハーレム生活《せいかつ》

令和3年4月20日　初版発行

著者——琴平《ことひら》 稜《りょう》

発行者——青柳昌行

発　行——株式会社KADOKAWA
〒102-8177
東京都千代田区富士見2-13-3
0570-002-301（ナビダイヤル）

印刷所——株式会社暁印刷

製本所——株式会社ビルディング・ブックセンター

※定価はカバーに表示してあります。
●お問い合わせ
https://www.kadokawa.co.jp/（「お問い合わせ」へお進みください）
※内容によっては、お答えできない場合があります。
※サポートは日本国内のみとさせていただきます。
※Japanese text only

ISBN978-4-04-074069-0 C0193 ◇◇◇

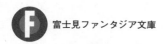

ファンタジア文庫
レベッカ
王国貴族の子女だったものの、政略結婚に反発し、家を飛び出して冒険者となった少女。最初こそ順調だったものの、現在は伸び悩んでいる。そんな折、辺境都市の廃教会で育成者と出会い——!?
辺境都市の育成者
the mentor in a frontier city
STORY
「僕の名前はハル。育成者をしてるんだ。助言はいるかな?」
辺境都市の外れにある廃教会で暮らす温和な青年・ハル。だが、彼こそが大陸中に名が響く教え子たちを育てた伝説の『育成者』だった! 彼が次の指導をすることになったのは、伸び悩む中堅冒険者・レベッカ。彼女自身も諦めた彼女の秘めた才能を、『育成者』のハルがみるみるうちに開花させ——! 「君には素晴らしい才能がある。それを磨かないのは余りにも惜しい」 レベッカの固定観念を破壊する、優しくも驚異的な指導。一流になっていく彼女を切っ掛けに、大陸全土とハルの最強の弟子たちを巻き込んだ新たなる『育成者』伝説が始まる!

すべての最強一人は
『育成者』から生まれた――。
ハル
いつも笑顔な、辺境都市の廃教会に住む青年。ケーキなどのお菓子作りも得意で、よくお茶をしている。だが、その実態は大陸に名が響く教え子たちを育てた『育成者』で――!?
シリーズ好評発売中!

その男、
アード
元・最強の《魔王》さま。その強さ故に孤独となってしまった。只の村人に転生し、友だちを求めることになるのだが……？
ジニー
いじめられっ子のサキュバス。救世主のように助けてくれたアードのことを慕い、彼のハーレムを作ると宣言して!?
イリーナ
正義感あふれるエルフの少女（ちょっと負けず嫌い）。友達一号のアードを、いつも子犬のように追いかけている

神話に名を刻む史上最強の大魔王、ヴァルヴァトス。
王としての人生をやり尽くした彼は、平凡な人生に憧れ、数千年後、村人・アードへと転生するのだが……
魔法の力が劣化した現代では、手加減しても、アードは規格外極まる存在で!?　噂は広まり、　嫁にしてほしいと言い寄ってくる女、次代の王へと担ぎ上げようとする王族、果ては命を狙う元配下が学園に押し掛けてくるのだが、
そんな連中を一蹴し、大魔王は己の道を邁進する……！